U0097603

GAEA

筆世界 vol. 3

啓示錄之心

戚建邦——著

筆世界 vol. 3
啓示錄之心

目錄

好心的朋友們，看在上帝的份上，
請不要挖掘此墓，
放過此墓的定會得到祝福，
妄動我骨的絕對逃不過詛咒。

——莎士比亞（*William Shakespeare*）

ch.1 天使的印記

我在作惡夢。

以前我會想，像我這種一天到晚進出虛幻世界的人，究竟還有沒有能力分辨夢境與眞實的不同。不過事實上，這並不構成問題，因爲夢境太過虛幻，根本不是虛幻世界可以比擬。虛幻世界太過眞實。

以前虛幻世界沒有這麼眞實。

以前我的工作沒有那麼複雜。

還記得第一次進入莎翁之筆的世界時，我的下巴幾乎掉到了脖子上，感覺一切如夢似幻。但如今，那種感覺只能在夢中找尋，因爲我已經沒有辦法在筆世界中找回那種夢幻，同時也沒有辦法在現實世界中找回踏實感，一切都混在一起了。就連我的女朋友也是兩者的混合體——筆世界的靈魂，眞實世界的肉體。我的世界裡再也沒有任何明確的事物。我像是一名無可救藥的毒蟲，分不出眞假，逃不出自我的幻想。而且我比毒蟲更糟，因爲我連戒毒的機會都沒有。空氣就是我的毒品，生活就是我的癮。我隨時都處在高潮中，爽翻天了。

如果我是一個不考慮任何責任的人，肯定已經爽翻天了。可惜我是一個整天想要拯救世界的人。雖然表面上看來，我都是忙著拯救別人的世界。但我知道，這一切都是爲了有朝一日拯救自己的世界而做的準備。照目前情勢來看，那一天已經不遠。

我在作惡夢。

我在一條漆黑通道中疾速前進，遠方逐漸浮現一絲光點。光點慢慢擴大，轉眼近在眼前。適應刺眼的白光後，我出現在一座中國水墨畫作般的洞府外。洞口上緣有塊橫匾，寫著仙氣縱橫的四個大字：「博識天軒」。

不過橫匾歪了，「軒」字也缺了個角。洞口的兩扇大紅門中間破了個大洞，左門只剩上面，下半扇躺在洞內五公尺外。

我皺眉看著殘破的紅漆大門，深深吸了一口氣。這是筆世界的後台，守門人的住所。當然，印象中它不是這副模樣。我討厭夢到筆世界。夢境是我唯一可以確保自己遠離筆世界的樂土。每次夢到筆世界，我都很怕自己眞的可以在夢中與筆世界中的人物互動。夢是屬於我自己的世界，是神聖不可侵犯的聖堂，是我理應自行掌握的自我意識。我不要讓任何力量接觸我的夢境、影響我的意識、玷污我的聖堂。

但是既然夢到了，我也不能不進去看看。

我推開半掩的大門，走入洞府中。梅花樹折了、藥爐翻了、爐火熄了，原先雅緻的小木屋如今殘破不堪，到處都是碎木屑和燒焦的痕跡。但至少沒有任何東西在冒煙，不管這裡曾發生什麼事，都已經是好一陣子前的事了。

如果此刻眞的身處後台，我一定早已衝入木屋，察看博識眞人的情況。但我壓抑心中這股衝動，緩緩踏步向前。我告訴自己這是我的夢境，不是眞的，我須要這樣提醒自己，以行動表達內心的抗議。因爲我有點慌了，這一切都不夠虛幻，不像是夢裡的場景。我怕這是眞的。

進入木屋後，我不禁愣了一愣。沒有預期中的雜亂狼藉，反是空無一物，所有東西都不見了。桌椅、茶具、燈火、盆栽，所有我曾經熟悉的東西全不翼而飛，連點碎片殘渣都沒有留下。從木屋殘破的狀態來看，這些東西應該不是被人搬走。我皺起眉頭，低下頭看著腳下的大坑。這個坑以木屋中央爲圓心，幾乎塡滿了整個木屋的地板，外表類似隕石坑，不過表面光滑平整，彷彿人工打造出來的。《天地戰警》的世界以中國傳統仙術爲主，出現如此圓滑的損毀痕跡與故事設定實在有點格格不入。

我環顧四周，尋找博識眞人的蹤跡但卻一無所獲。我穿坑而過，來到小屋另一邊的石壁，推開其上的暗門。暗門後是座石洞，洞內一片漆黑，我摸了摸身側，沒帶外勤工具袋，所以沒有照明裝備。不過轉念一想，既然是我的夢，應該不用這麼麻煩。我回憶《天地戰警》的故事，舉起右掌擺出咒訣，掌心憑空飄出一道火光，照亮整座石洞。

洞內石板石壁，沒有家具擺飾，唯一看起來不像天然洞穴的是位於正中央一塊白色半透明的四方冰床，我猜那多半有個類似「寒玉冰床」之類的名稱。而躺在冰床上鮮血淋漓、目光呆滯、奄奄一息的人，則是不知道爲什麼我會認爲他還活著的博識眞人。

我兩眼一轉，確定石洞中沒有其他人後，隨即跑到博識眞人身邊。他兩眼無神地看向洞頂，雖然應該沒死，但我不敢肯定他看得見東西。我朝他頸部伸出兩指，打算探探他的脈搏，不過怕驚動到他，正遲疑間，他突然翻起右手，抓住我的手腕。我大吃一驚，本能地試圖掙脫，卻發現他五指如同鐵箍般，指甲陷入我的肉裡，當場掐出五道血痕。我緊皺眉頭，考慮是否該拿出《天地戰警》裡的本領來對付他。他卻突然兩眼一翻，目光如兩道火炬般朝我瞪視而來。

我立刻問道：「發生什麼事？怎麼會弄成這個樣子？」

博識眞人面無表情，語氣冰冷，彷彿體內某物透過他的嘴巴發音：「我必須封閉筆世界。」

「啊？」我訝異道。

他手上使勁，將我拉到面前。「關鍵人物是威廉……」

「威廉？」

他凝視我的雙眼，彷彿終於回神般，側頭說道：「威廉．莎士比亞。」

我張嘴結舌：「啊？」

「去找他。」

「上哪找啊？」

「去吧。」

他一說完，腦袋沉回冰床、五指鬆脫，跟著向外一分，我當場離地而起，撞穿石壁，轉眼衝出了博識天軒，直上九霄雲外。一邊飛著，我還不忘大叫：「喂！你把話說清楚！上哪找啊？」

博識眞人的聲音自遠方隱隱傳來：「我哪知道？交給你了！」

我一肚子髒話正想脫口而出，腦中突然傳來一個難以辨識的聲音：「醒來，傑克！」

接著彷彿平地響起春雷般，我全身大震，徹底醒了過來。

我迅速轉頭，左顧右盼，確定自己身處凱普雷特樓上的辦公室裡。四周沒有異樣，也沒有神祕人物叫我起床。看來我是趴在辦公桌上睡著了。我身體向後一傾，靠上椅背，右手按摩額頭，深深吁了一口長氣。

最近實在太累了，自從帶著瑪莉回歸現實之後，我一直處於危機四伏的氛圍中。

瑪莉能以虛構人物的靈魂取得眞實人物的肉體，進而跨越兩個世界的鴻溝，顯然表示莎翁之筆的世界已經進入一個全新的里程，同時也表示神祕女神的陰謀已經向前邁進一大步。我一直在等待更多虛構人物進入現實，等待更大的陰謀逐步揭露。但幾個月過去了，什麼事也沒發生。最近我三不五時發現有人跟蹤我，但到最後都只是虛驚一場。再多弄錯幾次，我都要開始懷疑自己是不是已經老到不適合幹這種事了……

噹噹噹！

桌上的電腦傳來即時通的訊息聲。我湊到辦公桌上，只見螢幕裡多了個訊息視窗，傳訊人代號從沒見過，也沒有意義，顯然是亂數選取。視窗中共有兩條一樣的訊息：「醒來，傑克！」

我醒了。這下我是眞的醒了。我整個人從椅子上跳了下來，對著螢幕愣了兩秒，跟著伸手在鍵盤上打道：「你是誰？」

片刻過後，對方回應：「沒時間解釋，他們已經來了。」

我皺眉：「誰來了？」

「八號攝影機。」

我轉頭看向身後的電視牆。八號攝影機拍攝的是凱普雷特大門。我看見大門開啓，走進兩名身穿黑西裝的男人，雖然看不清楚容貌，但顯然來意不善。

凱普雷特是附近作家的聚會場所，沒事不會有西裝筆挺的上班族出沒；或是政府探員；或是情報分子；或是來路不名的虛構人物……

我打開抽屜，取出一把手槍，矮身走到辦公室面向酒館內部的落地窗側觀察對方。正當我找到黑衣人的身影時，電腦又傳來即時訊息的聲音。我走回去，螢幕上寫道：「不要衝突，先避一避。」

我搖頭打字：「他們是誰？你又是誰？我爲什麼要聽你的？」

「先離開，我會跟你解釋。」

我考慮了一秒，當機立斷。黑衣人顯然來意不善，傳訊人又顯然知道內情，暫時聽他的，反正若情況有變，我隨時可以回頭找這兩個黑衣人來衝突。

我拉開辦公桌下方的大抽屜，取出外勤工具袋揹在肩上，接著將桌上的手機塞入袋子。

我回頭看電視牆，黑衣人已開始往二樓前進。我走到辦公室另一邊，將後門打開一條縫，確認對方沒有同黨後，閃身而出，自員工樓梯下樓，穿越廚房，推開側門，進入倒垃圾的側巷。我轉往大街，過了馬路，站在凱普雷特正門對面的人行道上，就著一根路燈柱的掩護，監視店的大門。

我拿出手機，撥打吧台電話。酒保保羅接了起來。

「保羅，剛剛有黑衣人找我？」

「有，兩個。我讓他們上樓去了。」

「你爲什麼不攔他們？」

「我爲什麼要攔他們？」

這是個好問題。我今天來店裡的時候可沒交代保羅如果看見黑衣人要怎麼做。我嘆口氣，繼續說道：「幫我留意他們。」

「他們發現你不在辦公室，要下樓了。」

「我知道了。」我停了一停，又道：「剛剛我電腦裡有來歷不明的人傳訊息給我。你看看能不能幫我查出對方身分。」

「要找一夜情嗎？」

「是就好了。這是急事，有結果立刻通知我。」

「知道了。」

我正要掛電話，手機中突然傳來「噹噹噹」的聲響。拿起一看，只見螢幕下方的小框框顯示我有即時訊息。好吧，當初裝手機版的即時通純粹是爲了試驗這支昂貴手機的各種功能，從來沒想過眞的要用手機與別人傳訊。我按下即時通小圖像，螢幕上立刻跳出剛剛傳來的視窗：「等。」

我按下回覆訊息。螢幕跳出觸控式小鍵盤。我痛恨觸控式小鍵盤。「**等什麼？等他們出來？**」

「等就是了。」

我等。片刻過後，凱普雷特大門敞開，兩名黑衣人走了出來。其中一個邊走邊打電話，多半是在回報吧。打完電話後，他們兩個就站在門口，大概是在等候進一步的指示。我看看他們，又看看手機螢幕，發現我也在等候進一步指示。過了數十秒，我有點沉不住氣了，正想傳訊詢問，手機卻突然響了。我察看來電顯示，沒有。我接起電話。

「哈囉？」

「傑克．威廉斯先生？」

「你是誰？」

對方沒有回應，我聽見話筒中傳來雜音，數秒後，換了個女人的聲音。一個驚慌失措的女人。

「傑克？傑克！」

我一時認不出對方，只覺得聲音十分熟悉，多半是個許久不見的熟人，搞不好是老情人……想到這裡，我突然嚇出一身冷汗，忙道：「蘇珊？蘇珊．葛林？」

對方語帶哭音：「傑克！他們闖到我家，把我抓……」說到一半，突然了無聲息，接著換上之前那個男聲：「你朋友？」

我深呼吸，冷靜情緒。蘇珊是我五年前的女朋友，當時我們關係親密，幾乎論及婚嫁，但後來因爲我個人因素而作罷。五年來她一直沒辦法原諒我。從剛剛的情況看來，她顯然是遭人綁架，而綁匪似乎對我有所要求。我們兩人分手已久，應該不太可能是要錢。難道對方想透過蘇珊來對付我？還是想染指莎翁之筆？但是……莎翁之筆的現任主人是蘇珊呀？

「你想怎樣？」

「想跟你見一面。」

「時間？地點？」

「保持手機暢通，一個小時內等我電話。」說完便馬上掛斷。

我看看手機，抬頭看看對面，發現黑衣人正好接起電話。數秒後，他們放下電話，朝街尾前進。

噹噹噹。

螢幕上寫道：「**跟蹤他們。**」

我將手機收回上衣口袋，拍拍揹袋中的手槍，戴上太陽眼鏡，神色冷酷地跟了上去。

□

對方步行，沒有搭乘任何交通工具，跟蹤起來十分省事。他們還算明顯，也沒有特別防人跟蹤，似乎不是專業人士。我在馬路對面與他們保持一段距離，就這麼大搖大擺地跟著。

由於不須要全神貫注，我便開始分心考量情勢。如果對方抓走蘇珊是爲了對付我，那我或許必須假設其他跟我親近的人也會有危險。而此時此刻關係跟我最密切的人就是瑪莉。想到這裡，我皺起眉頭，伸手就想去掏手機。不過再想想，對方既然已經抓了蘇珊，暫時沒有必要去動瑪莉。當然如果他們夠專業的話，或許會再找個備用計畫以備不時之需。但是從眼前兩個黑衣人毫不設防的態度來看，他們似乎並不特別專業。

沒必要打給瑪莉還有一個最主要的理由，就是她是個非常幸運的女人，不是買張樂透就可以一輩子不愁吃穿那種，而是任何膽敢打她主意的人絕不會有好下場。事實上，下場多半十分淒涼。上個月她回家晚了，在暗巷中有人意圖劫財劫色。結果劫財那人被正前往打擊恐怖分子的「特種武器與戰略小組」的裝甲車當場輾斃；劫色那人在逃亡的過程中摔落屋頂、水溝、高牆、鐵絲網、下水道，並且身中十三槍，最後被一輛砂石車撞落橋墩。屍體尋獲時，全身上下沒有一根骨頭完好如初，必須靠牙醫鑑識才能辨認身分。

至於瑪莉，沒有丟錢，也沒有失身，回家睡了一覺便把這件事情拋到腦後。

當然，對於這兩個小混混而言，這樣的下場未免太過淒慘，但這就是招惹瑪莉的代價。有時我不禁想，萬一有一天，我爲了某種原因必須跟瑪莉分手，是不是也會遭遇同等淒慘的下場？這個問題令我不寒而慄。我不願多想，也不敢多想。

總而言之，這件事情證明了一個令人恐懼的事實，就是筆世界中的特殊能力是可以延伸到現實世界裡的。至少瑪莉的可以。如果今天晚上的事是其他虛構人物所爲，那我就有機會確定筆世界對我們而言究竟代表了多大的危機。

黑衣人左轉過馬路，朝我這走來。我轉頭看向路邊的書報攤，暗自考慮是該若無其事地超前他們一段路後再回頭跟蹤，還是等他們過完馬路繼續保持差不多的距離跟上。遇到這種情況的時候，我通常會下意識地觀察附近所有會反射倒影的物品，藉以肯定當前狀況。一條稀鬆平常的男性身影出現在路邊商店門口旁的鏡子上，我一瞥眼突然愣了一愣，隨即不由自主地感到頭皮一陣發麻。對方打扮十分普通，深色西裝、褐色大衣、灰色圍巾、亮面皮鞋。

身材中等，不胖不瘦，相貌沒什麼印象，不帥不醜。這樣的人在傍晚下班時的紐約街頭多得數不清，爲什麼我會感到一陣頭皮發麻呢？

因爲我有一種很強烈的感覺：我被人跟蹤了。

這已是這幾個月來不知道第幾次在心中浮現這種被人跟蹤的感覺了。每一次都是這樣打扮的男人讓我起疑心，但每次當我回過頭去確認的時候，對方已無影無蹤，彷彿轉眼間就在人間蒸發般。上一次發生這種情況是一個月前的事，當時我甚至開始懷疑自己是否已經出現幻覺。是不是我已經跟這些年來我所應付的那些作者及讀者一樣，沉迷在筆世界中無法自拔，出現了無法分清現實與虛幻的症狀？

我雙眼一轉，確認我在跟蹤的黑衣人沒有奇特的行動。萬一跟蹤我的人與他們是同一夥的，那麼事情就棘手了。肯定黑衣人沒有問題後，我緩緩轉過頭去，觀察身後的景象。果然不出我所料，沒有看見剛剛的鏡中倒影。

我站在原地，躊躇不定，默默思考當前的處境。

假設當眞有人在跟蹤我，而且已經跟了好一段時間的話，那麼對方必定是在觀察我，而且早該對我取得一定程度的了解了。如此說來，這個假設有在跟蹤我的人與黑衣人多半沒有牽連，不然沒道理我能跟蹤黑衣人這麼久而不被對方發現。但問題在於，誰有能力在不被察覺的情況下跟蹤我？不，是誰有能力在被我發現後轉眼消失？我忍不住又開始往幻覺的那處想去。

噹噹噹。

我回過神來，拿起電話。螢幕上顯示：「別發呆，快跟上。」

我深吸了一口氣，舉步向馬路口走去。路過轉角後，兩名黑衣人的身影再度映入眼簾。

我一邊默默跟著，一邊回覆訊息。

「是你在跟蹤我？」

對方回應：「不是，我是透過道路監視器觀察你的動態。有人在跟蹤你？」

「或許。」

對方沒有繼續傳訊。可能他認爲如果我被人跟蹤的話，現在絕對不是被訊息分心的時刻。我默默跟了一會兒，心念電轉，拿起電話撥給保羅。

「你在我辦公室了嗎？」我問。

「在查了。不過目前沒有結果，未來會有結果的可能性也不高。」

我愣了一愣。保羅是我這輩子合作過最厲害的硬體軟體工程師、宅男、駭客、監控專家，兼前任地下官方防恐單位資料分析師（該單位最後因爲嚴重侵犯公民隱私而遭到政客強制解散）。我託他去查的事，從來沒有一件沒有結果的。沒有他追蹤不到的人物、調閱不出的情資。困難的最多不過是延遲幾天，他從來沒跟我說過「未來有結果的可能性也不高」這類的言語。

「對方運用了很多中繼站轉接位址嗎？」我問。

「包括你手機的簡訊在內，對方發送所有訊息的ＩＰ位址都不一樣。」保羅說道。「有可能是我弄錯，但是在我看來，對方根本沒有轉接。他每一則訊息都是使用不同電腦所發送的。而且頭兩則訊息，也就是叫你起床的那兩則……」

「怎麼樣？」

「他是用你辦公桌上這台電腦，開啓虛擬作業系統，在背景執行的情況下傳訊給你。」

我皺起眉頭：「他用同一台電腦傳訊給我？遠端遙控嗎？」

「沒有遠端遙控的跡象。這個人要嘛是比我強很多倍，不然就是他當時與你同在這間辦公室裡。」

我沉默不語。除了「太荒謬了」之外，想不出別的話可說。

「而且其他訊息……」

我搖頭打斷他的話。「既然一時查不出結果，就先別管了。現在情況有變，啓動任務程序。通訊轉移到耳機，全程跟我保持聯絡。」

「老闆，我要下班……」

我自外勤袋中取出耳塞式耳麥，塞入右耳中。「試音，一二三。」

「收訊良好。」保羅語氣無奈。「任務簡報。」

我將手機收回口袋，一邊注視黑衣人動態，一邊輕聲說道：「不明人士綁架蘇珊．葛林，以電話要求我等候通知。」

「有這種事？」保羅的語氣登時嚴肅起來。保羅大概是四年前開始跟我合作，當時我已經和蘇珊分手。不過一來蘇珊是當前莎翁之筆的持有人，二來上次她來店裡找我時曾經拿酒潑我，保羅事後自然要問上幾句，於是我簡單跟他提過蘇珊的事。

「我正在跟蹤剛剛來店裡找我的黑衣人，他們和綁匪顯然是一夥的。我要你調閱衛星畫面，監看我附近的行人。我懷疑還有第三方人馬在跟蹤我。」

「就是你前一陣子老懷疑在跟蹤你的人嗎？」

「你認爲是我多疑了？」

「你是我所合作過能力最強的外勤探員，我從來沒有懷疑過你的判斷。」

我暗自搖頭。如果保羅認爲他需要講這種打氣式的言語來鞏固我的自信……

「剛剛綁匪使用拋棄式手機，查不出確實位置。」

「大概位置呢？」我問。

「也在曼哈頓。」

我點頭。本來我不能肯定黑衣人是否要回囚禁肉票的據點回報，如今既然打電話來的人也在曼哈頓，黑衣人的目的地多半就是我要找的地方。

又跟了幾分鐘，我們來到一間看起來像是老舊倉庫改建，不過顯然尚未開始營業的店面。這裡行人稀少，但既然還在曼哈頓內，自然也少不到哪裡去。兩名黑衣人左顧右盼，確定沒被人跟蹤後，在門口按了門鈴，然後開門進去。我停在馬路斜對角大概一百英呎之外，沒有立刻跟過去。這裡多半就是他們的巢穴，在不確定裡面有多少人以及安全系統狀態的情況下輕舉妄動可不是明智之舉。

「保羅，他們進入……」

「我看到了，正在調閱相關資料。」

我看了看手錶，對方說一個小時內與我聯絡，如今已過了二十八分鐘。我還有半個小時左右出其不意的時間窗口。

「這間倉庫一年前開始計畫改建。改建工程結構簡圖已傳送到你的電話。」

我取出電話，同步檔案，螢幕上出現倉庫的結構圖。

「承租倉庫改建的是一家名叫『東岸星辰』的精品設計公司。負責人名叫湯姆．諾曼，中年藝術家。本身沒有前科，也沒有與任何有前科的人士來往，背景如同白紙一樣乾淨。」

「我對付過不少背景清白的藝術家。」我研究結構圖。「側門、後門，還有一道通往二樓的防火梯。」

「有紅外線畫面了。」保羅哈哈一笑，接著「咦」了一聲。「連同剛剛進去的兩個人在內，現場一共只有四個人。側門、後門、防火梯全都沒有守衛。大門附近的兩人是你跟蹤的那兩個。另兩人位於倉庫中央，看起來像是主謀跟肉票。」

我將目光自手機螢幕轉移到倉庫正面，皺起眉頭。「三個人？對於一般綁票案來講勉強可以，但是如果他們確實知道我的身分，這樣的人數似乎有點托大？況且其中還有兩個不是什麼狠角色。」

「或許是你低估他們了。」

「或許。」我收起手機，穿越馬路。「有時間就繼續挖湯姆．諾曼的背景。」

「你打算走哪扇門？」

我來到對面人行道，朝倉庫門口移動。「正門。」

「我剛剛說或許你低估了他們。」

「沒錯。但受苦的是蘇珊，我不想浪費時間。」

我來到倉庫門口，伸手正要敲門，保羅又道：「蘇珊．葛林對你這麼重要？」

我停了一秒，說道：「我跟她分手五年了，眞要說多重要當然不可能。不過我曾經發誓絕對不讓任何人因爲我的關係而陷入危險。」我按下電鈴，跟著又補上一句：「我最不齒的就是利用無辜之人來逼對手就範的混蛋。」

數秒之後，大門開啓，一名剛剛來過我店裡的黑衣人站在門口，面露詢問的神色。

「不好意思。」我摘下太陽眼鏡，微笑說道。「我叫傑克．威廉斯，是凱普雷特的老闆。我店裡的酒保說你們剛剛來店裡找過我？」

黑衣人瞪大雙眼，張嘴欲叫，我對準他的喉結狠狠就是一拳。他雙手緊握頸部，口中發出一陣氣音，轉身想跑回屋內。我朝他的後頸補上一拳，隨即伸掌抓住他的衣領，避免他倒地發出聲響。我閃身入內，反手關上店門，四下張望，確定新隔出來的販售門市裡沒有其他人。我彎下腰，輕輕放下昏迷不醒的黑衣人，然後朝通往倉庫的員工出入門走去。

快走到門口時，鐵門突然被人推開，第二名黑衣人走了出來。他看到我，微微一愣，探頭去找他的夥伴。我堆起滿臉笑容，神色親切地說道：「不好意思，我叫傑克．威廉斯，是凱普雷特的老闆……」

這個黑衣人比他的夥伴精明些，一看情況不對，伸手就要拔槍。我照例先插喉嚨，順手壓制他拔槍的手掌，跟著一膝蓋頂上他的股間。此人異常悍勇，身受兩下重擊並未彎腰倒地，只是張大嘴巴叫不出聲。我側頭凝視他的雙眼，跟著一頭撞上他的鼻梁。他腦袋向後傾倒，鼻孔鮮血直流，右手一鬆放脫槍柄，隨即被我一把拔出手槍。我倒轉槍身，手持槍管，對準他的腦袋狠狠一捶。他兩眼翻白，身體軟癱，落地前讓我一把抱住，輕輕放下。

我將槍擺在旁邊空蕩蕩的貨架上層，接著來到門邊，自外勤袋中取出一面牙醫用的牙鏡，將鐵門輕輕推開一條縫，伸出牙鏡，四下打量倉庫內的情況。門後是一條狹窄通道，兩旁堆滿貨架，架上堆滿藝術精品，看起來改建精品店並非幌子。我收起牙鏡，拔出手槍，推開鐵門，側身閃了進去。

門後通道兩旁堆了三層貨架，出了通道是倉庫主要的空間，雖然堆了不少貨箱，不過還是有一塊空地。我躡手躡腳地走到最後一排貨架後方，透過商品間的空隙觀察情況。

倉庫中央有兩個人，一男一女，一站一坐。坐著的是蘇珊，手腳未遭綑綁，但是神情萎靡，垂頭喪氣，衣領上一片血紅，顯然曾遭到毆打。站著的男人身穿白色運動服，衣袖上沾有點點血跡，我一看就冒火。他走向旁邊的一張桌子，拿起手機。我當機立斷，取出手機放在面前的貨架上，隨即矮身向旁離開。

對方按下重撥按鈕，將手機放在耳邊。一秒後，倉庫迴盪著一陣手機鈴聲。對方大驚失色，立刻跨上兩步抓起蘇珊，右手緊扣她的咽喉，將她擋在身前，轉身面對手機鈴聲傳來的方向。我自對方身後的貨架走出，舉起槍管抵住他的後腦勺。

「放開她。」我冷冷說道。

對方嘿嘿一笑，並不動作，說道：「威廉斯先生……」

我一槍柄捶在他的腦袋上，他頭髮中隨即流下一條血痕。「放開她。」

對方鬆開雙手，放開蘇珊。蘇珊轉身回頭，朝對方身上一陣拳打腳踢，最後又對著男人的臉吐了一口口水。她鼻青臉腫，鼻血流得嘴巴、脖子都是，看來十分淒慘，不過手腳還算輕快，似乎沒有大礙。

「蘇珊，妳還好嗎？」

「傑克……」蘇珊看了我一眼，眼中淚水決堤，緊繃的情緒鬆懈，大喘幾口氣後，雙腳一軟，再度坐回椅子上。

「他們有沒有對妳怎麼樣？」我問。

蘇珊一言不發，搖了搖頭，低頭啜泣。

我用槍管敲敲男人的腦袋，命令道：「轉身。」

男人轉身面對我，臉上居然帶有笑意。如果我不是世界上最狠的狠角色之一，一定會被這個笑容嚇得不寒而慄。

「威廉斯先生，你提早到了。」他微笑說道。

「我性急。」我回。

「急什麼呢？我說過會……」

「湯姆．諾曼？」我打斷他。

他微微一愣。「威廉斯先生情報收集得好快呀。」

「你不知道你惹上什麼人。」

「哈。」諾曼笑聲輕蔑。「是你不知道你惹上了什麼人。」

「或許。」我晃了晃槍管，提醒他誰才是這裡的老大。「告訴我，我惹上了什麼人？」

諾曼露出高深莫測的笑容，卻不答話。

蘇珊突然抬頭道：「在他腿上射一槍，看他還笑不笑得出來！」

我露出不懷好意的笑容：「你聽到了。我想你應該知道我會開槍吧？」

諾曼說道：「威廉斯先生，我請你來，只是想要談一談而已。」

「我來了，這就談吧。」

「也好。」諾曼點頭。「莎翁之筆在哪裡？」

我皺起眉，目光微微轉向蘇珊，心想莎翁之筆明明在蘇珊那裡，這傢伙怎會不知道？

諾曼察覺我的目光，笑道：「我原先也以為筆在葛林小姐那裡，但她說沒有，我們也搜過了，確實不在她那裡。我們問她，她卻一直推說前陣子被偷走了。本來我們是不想麻煩你的，不過既然她不肯合作，只好請你走一趟了。」他說完，伸手摸了摸自己後腦，接著將沾滿鮮血的手掌攤在眼前，張開嘴巴，舔舔掌心裡的血，然後一把將血抹在自己下巴上，模樣十分猙獰。「我再問你一次，莎翁之筆在哪裡？」

他這種有恃無恐的態度令我心生警覺，但是我怎麼想也想不透他還有什麼王牌可打。

「你失去了人質，又被我用槍指著，我為什麼要回答你？」

他兩手一攤，理所當然地說道：「你如果不告訴我，我就把你們都殺了。」

我二話不說，壓低槍口，扣下扳機。槍火閃爍，槍聲震耳，諾曼的大腿當場中彈，鮮血狂噴，眼看射斷大動脈了。

「如果不盡快止血，要不了多久你就會失血致死。告訴我，我到底惹上了什麼人？」

諾曼嘿嘿冷笑，向前跨出一步，彷彿完全沒受傷。我低頭看向他轉眼間已經染紅褲子的右腿，跟著又抬頭看他血跡斑斑的下巴和後腦。狗屎，如果現在是在莎翁之筆的某個世界裡的話，我一定一槍打爆他的腦袋，以免他接下來做出更可怕的舉動。

但是現實世界和筆世界的界限越來越模糊了，不是嗎？

我將槍口對準他的左胸，冷冷地扣下扳機。

我沒有瞄準眉心，是因爲我不想破壞他的容貌。我還打算拍張完美的遺照，以便進一步追查他的身分。

槍響過後，我們三個人全都僵在原地。

諾曼低頭看向自己左胸口上的彈孔，臉上充滿難以置信的神色。接著他吸了一口彈孔中冒出的硝煙，神情有如手持捲紙吸食古柯鹼一般暢快。他眼珠上揚，瞪視著我，嘴角露出輕蔑的笑容，伸出右手食指輕輕搖晃。

「這下你該知道……」他微笑說道。「你不知道自己惹上什麼人了吧？」

我心跳加速，呼吸急促，持槍的手差點開始顫抖。說實話，子彈打不死的人並不會令我感到害怕，因爲這種人筆世界裡多得是。問題在於，這裡不是筆世界。我一直都很清楚自己沒有在眞實世界裡碰過這樣的人並不表示這種人不存在，但當眞遇上……我只能說我非常震驚。

他朝我的槍伸出手掌。我一槍打穿他的掌心，但是絲毫沒有阻止他的動作。他一把握住我的槍管，而我緊握槍柄，不肯放手。正僵持著，槍身突然滋滋作響，隨即冒出一陣白煙。我的掌心滾燙不已，瞬間散發出焦肉的氣味。我悶哼一聲，撒手丟槍。他將手槍握在手中，幾秒過後，整把槍熔化成地上一灘火紅色的熔鋼。

「莎翁之筆在哪裡？」他問。

「你到底是什麼人？」我反問。

「嘴很硬。很好，我喜歡。」他的笑容擴大，嘴角露出獠牙；摩拳擦掌，指尖長出利爪。「我將會好好享受你的鮮血，你的內臟，以及你的腦髓。」

在蘇珊的尖叫聲中，我們開始近身肉搏。

他一拳揮向我的腦袋。我側頭閃避，右手捶向他的胸前傷口。他手臂下移，架開我的拳頭。我左腳向前一抬，頂住他的膝蓋。他身體向前猛撲，兩手抓住我的衣領，狠狠向上一拋，我整個人騰空而起，摔在外圍的貨架上方，當場撞塌了一堆精品。我推開壓在身上的雕塑藝術，挺身正要站起，卻發現諾曼已經跳到我的面前，落地時腳步之重，似乎整間倉庫都在震動。我順手抓起石雕，猛揮而上。他一拳捶落，擊碎石雕，隨即轉拳爲爪，在我胸口硬生生地扯出五道血痕。這一爪，是我與他第一次肉體接觸。我會特別指出這一點，是因爲我們都沒想到這一爪是這場打鬥的結尾。

他雙腳跨在我的身旁，整個人聳立在我身體之上，看著滿爪鮮血淋漓，神情顯然十分得意。我看他張嘴獰笑，似乎想要說點嘲弄的言語，但是卻在剎那間滿臉錯愕，臉頰抽動，血絲密布，笑容蕩然無存。他的右爪開始劇烈顫抖，突然間滋滋作響，冒出火光，彷彿我的血灼燙異常，觸體即燒一樣。數秒後，他整隻右爪都籠罩在烈焰中。

他難以置信地瞪視著我，目光緩緩轉移到我的胸口。他嘴角抽動，顯然痛楚異常，伸腳踢開我胸前破爛的衣衫，露出血肉模糊的胸膛。血痕旁，左胸上，我的皮膚隱隱發光，浮現一道金色翅膀的圖樣。

諾曼側頭看著翅膀，痛苦的神情中逐漸流露一絲瘋狂的笑意。他張開顫抖的嘴唇，吃力說道：「天使的印記……你……你有天使守護……」

我不知道自己有沒有天使守護，也不知道這枚發光的印記從何而來。但是我很清楚這時候要接哪一句話：「這下你該知道你不知道自己惹上什麼人了吧？」

火焰自掌心蔓延，轉眼已經燒到他的右肩。諾曼左手抓緊右臂，狠狠一扯，當場將右臂齊肩折斷。他拋開右臂，卻發現左手手掌也遭受烈焰吞噬。他咬牙切齒，猙獰說道：「算你狠，是我看走眼。但是你得意不了多久的，基督大敵即將現世……你們的世界很快就會淪爲人間地獄！」

我咳出積在喉嚨裡的一口鮮血，冷冷回道：「這種話我聽過很多次了。」這是實話，只不過我從來沒有在眞實世界裡聽過而已。

烈焰迅速蔓延，燒過他的胸口，淹沒他的頭顱。在一片淒厲的慘叫聲中，我看見他的身體中噴出一道重疊的黑影。黑影的頭上有尖角，背上有蝠翼，腿間有尾巴，如果身處筆世界，我會說那是一頭不折不扣的中世紀惡魔。

「我乃魔拉克，受辰星之命降臨世間！」他的聲音雄渾邪異，不帶任何凡塵氣息。「復仇在我！滅世在我！去逃！去躲！天使聖焰燒不盡我的靈體！下一次我會帶著煉獄之火回來找你！」

我抹起一把胸口鮮血，朝他的大臉甩去。「等你回來再說。」

惡魔之影仰頭大叫，竄出焦黑的肉身，化作一道黑煙沉入地板。

湯姆．諾曼燃燒的屍體著地癱倒。我向旁一滾，避開火屍，右手抱胸，緩緩起身。我站在倉庫中央，低頭凝望這具血乾肉化、燒到不剩一點肉體的枯骨，回想剛才的景象，眉頭深我愣愣地看著諾曼的屍體，心裡一片混亂。

「什麼天使印記？什麼魔拉克？」耳中傳來保羅氣急敗壞的聲音。「現在到底是怎麼回事？」

保羅只看得到紅外線俯瞰畫面，沒有即時畫面回饋，剛剛發生的一切在他聽來必定亂七八糟。我低頭看向胸口，發光的羽翼逐漸暗淡，但是尚未完全消失。「我胸口浮現一根發光的羽翼，諾曼說那是天使印記。他碰到印記後就開始自燃，一路燃到皮肉燒光爲止。」我邊說邊拿出手機，趁著胸口的羽翼尚未完全消失前將其拍下。「我傳照片給你。」

「那魔拉克呢？他爲什麼自稱魔拉克？這不是惡魔的名字嗎？」

我按下傳送鍵，將印記照片上傳到辦公室的電腦主機。「他看起來確實很像惡魔，也可說是附身在諾曼身上的惡魔。他最後化作一道黑煙，離開諾曼體內。」我轉過頭去，看到蘇珊坐在椅子上，雙眼凝望地上的焦屍，神色略顯癡呆，顯然驚嚇過度。「收到照片了嗎？」

我走到蘇珊面前蹲下，輕拍她的肩膀，但她始終沒有反應，依然愣愣地看向前方，彷彿能夠透過我的身體看見後面的情景一樣。

「蘇珊？蘇珊？」我在她臉頰拍了兩下，但她的神情沒有改變。我皺起眉頭，雙掌握住她的手背，試圖提供一點慰藉。「保羅？照片收到了嗎？」

「收到了。」他的語調冷淡，似乎心不在焉。過了一會兒，彷彿突然回神般，說道：「我去查查這圖形有沒有特殊意義。」

「嗯……」我的手掌在蘇珊面前來回揮舞。「幫我叫救護車。」

「蘇珊沒事吧？」

「應該只是受到驚嚇。」

「要報警嗎？」

我想一想。「直接請湯馬士過來處理。」

「好。」

湯馬士．簡森是紐約警局特別協調組組長。這個協調組專門負責紐約警方與其他政府或非政府單位的協調合作事宜。主要協調對象包括聯邦調查局、中央情報局、國安局、反恐局、具有國際規模的大型私人偵探社以及具有小型軍事能力的專業安全諮商公司。以上只是檯面上會跟他們合作協調的單位，我不確定他們私底下還會負責怎樣的祕密業務。但是我很清楚如果今天梵蒂岡派遣神父前來紐約處理與驅魔相關的事務，而該神父想要請求警方支援時，他的電話就會被轉接到這個特別協調組去。

我與湯馬士的私交普通，曾經在工作接觸的場合外喝過兩、三次酒。我不曾深入詢問他關於特別協調組的細節，他也沒有主動提起。我認爲既然他們單位可以處理我所帶來的這類麻煩，並且願意接受我所提供的那種解釋，那麼他們多半還接觸過各式各樣其他希奇古怪的事務。我一直沒有多問，是因爲我並不想知道世界上除了莎翁之筆外還有什麼奇怪的事務。如今或許是將我腦袋拔出地洞的時候了。

我取下耳機，關閉任務頻道，抱起蘇珊，朝外面的門市部走去。蘇珊愣愣地將目光轉移到我臉上，終於出現了一點恢復理智的跡象。我用腳踢開鐵門，跨過黑衣人二號的身體，在門市部裡拉了三張椅子排在一起，讓蘇珊躺在上面。

「傑克？」蘇珊虛弱地摸著我的臉龐說道。

「我在。」

「他們……他……他是什麼人？」想起魔拉克，蘇珊臉上再度充滿恐懼。

「我會查出來的。」我面帶微笑，輕撫她的額頭。「妳先休息。救護車待會就來。」

「嗯。」她本來還想再說什麼，但是實在疲憊至極，於是閉上雙眼。

我站起來，正要轉身，蘇珊突然說道：「你會陪我嗎？」

我僵在原地，凝望著她，不知道該怎麼回答。她沒有看我，眼睛依然閉著。但是我知道她不張眼是因爲她沒有辦法親眼面對我遲疑的神色。「我必須先跟警方交代事情的經過。妳放心，一有機會我就去醫院看妳。」

她沒有回應，只是轉過頭去，假裝沉睡。

遠方傳來救護車的聲音。我本來還想趁機把黑衣人叫起來審問一頓，但是想到他們喉嚨上都挨了一拳，暫時多半無法回答問題，於是決定把他們交給簡森處理。我推開門市大門，走到外面的人行道上迎接救護車。救護人員將蘇珊抬上救護車，確定她沒有立即危險後，又去檢視兩名黑衣人的傷勢，並且回報加派救護車。接著警方抵達。

「傑克。」

「湯馬士。」

我們兩人握手招呼，然後一起走向倉庫內部。我向他簡單解釋事情的經過。

「魔拉克？」簡森站在焦屍身旁，側頭打量諾曼那張已經無法辨識的容貌。

「他是這麼告訴我的。」我點頭。

簡森自襯衫口袋中取出一支筆燈，蹲下身去，想用筆尖挑開焦屍的下顎，卻挑不動。

「我必須說，傑克，」他將筆燈放到一旁，自外套口袋中拿出塑膠手套。「這似乎不是你平常會惹上的那種麻煩。」

「嚴格來說，我什麼麻煩都惹得上。」

「是呀，但是你通常不會把那種麻煩帶回紐約。」他戴好手套，直接用雙手掰開焦屍的嘴巴。「你會交給我的通常都是自以爲被惡魔附身的人，而不是眞的被惡魔附身的人。」他湊近一點，皺起眉頭。「聞到了嗎？」

我蹲下去。「硫磺的氣味。」

「嗯。」簡森將筆燈探入屍體嘴中，打開開關，照亮咽喉，裡面漆黑一片。「這不是被燒焦的。」他伸出食指，在屍體嘴中輕輕一轉。我隨即聽見如同冰塊破碎的聲響。「是被凍焦的。」他將食指上的黑色肉塊舉到我的面前，然後挺起大拇指輕輕壓下，肉塊當場彷彿薄冰般溶成一小灘黑水。「是惡魔，沒錯了。」

我愣愣地瞪著他看，不知道該怎麼接。

他注意到我的目光，揚起眉毛。「你很驚訝？沒見過被惡魔附身的人嗎？」

我搖頭。「事實上，比較讓我驚訝的是你有見過被惡魔附身的人這件事。」

他微笑。「你以爲這種事情只會發生在你的筆世界裡？」

我嘆口氣。「我想我只是希望這種事情只發生在筆世界裡。」

他站起身來。「讓我看看你的胸口。」

我撩起破碎的衣衫，羽毛印記已經完全消失無蹤。「不見了。」

「喔。」他拿出行動助理和數位筆，在上面抄寫筆記。「魔拉克……這是這個月第三個了。」

「第三個？」

「阿拉斯特、梅菲斯特，加上魔拉克。」他停了停，用數位筆隨便畫了幾下。「不過暫時應該可以排除魔拉克。」

「阿拉斯特？梅菲斯特？」我問。

「本月初，梵蒂岡方面透過聖約翰大教堂的愛德蒙主教知會紐約警方。」簡森點到月初的備忘錄，邊看邊道。「世界各地的附身惡魔蠢蠢欲動，開始朝紐約市區集結。梵蒂岡派遣驅魔神父進駐聖約翰教堂，希望取得紐約警方的配合協助。」

他放下行動助理，對我聳聳肩，然後我才知道他已經講完了。我一攤手，問道：「這算是……在要求紐約警方什麼樣的配合協助？」

「傷害控制。」他說。「永遠都是傷害控制。紐約是一座無奇不有的奇幻城市，但是爲什麼大部分的紐約居民都以爲自己居住在一個平凡無奇的世界？就是因爲紐約警方是世界上最頂尖的傷害控制單位。什麼樣的事件我們都有能力壓下，再駭人聽聞的情況我們都有應對的說詞。半個月前，梵蒂岡的人馬在中央車站與阿拉斯特正面衝突，造成五十三人死亡，七十八人受傷，這件事情，我們嫁禍給哈瑪斯恐怖組織，你有看到新聞嗎？」

我點頭，跟著又搖了搖頭。「怪罪恐怖分子？眞是方便。」

「九一一事件過後，我們的工作確實變得比之前輕鬆。」

「你說暫時可以排除魔拉克是指？」我問。

「附身惡魔被驅出宿主體內後，至少需要七天的時間才能回到人間。儘管魔拉克不是什麼無名小魔，但是他的宿主死成這個樣子，料想他本身必定也受到一定程度的傷害。他不會這麼快回來的。」他突然臉色一沉，凝視著我。「你說他是爲了莎翁之筆而來？」

「他是這麼告訴我的。」

「兄弟，看來你這支筆比我想像中要來得厲害。」他搖了搖頭。「我一直以爲莎翁之筆只是一群愛幻想的作家用來逃避現實的另類毒品，但如果這些重量級的惡魔齊聚紐約都是爲了這支筆的話……」

「看來這段時間我們必須保持聯絡。外面兩個黑衣人就請你帶回去審問，不過他們看起來不像知道多少內情。」我說著皺起眉頭。「阿拉斯特和梅菲斯特呢？」

簡森搖頭。「沒有抓到。顯然他們都是有頭有臉的惡魔，一般驅魔神父沒有能力驅逐他們。梵蒂岡正在加派人手前來支援。」他考慮片刻，輕嘆一聲。「我幫你開啓權限，讓你存取這件案子的檔案。你可以從中得知惡魔宿主的背景以及梵蒂岡相關人員的資料。如果你打算詢著這條線追查此事，最好先去和他們打個招呼。」

「聖約翰大教堂？」我問。

「是。」

「我知道了。」

我們向門外走去。簡森對等在倉庫門口的警員下達指示，他們隨即開始處理焦屍。我們穿越門市部，黑衣人已經不見蹤跡。員警回報，救護車已經將傷者送往市立醫院。我問對方葛林小姐送醫之前有沒有要求見我，員警說沒有。簡森陪我走出大門。

「十字架有用嗎？」我問。

「嗯？」

「對付惡魔？」

簡森斜嘴一笑。「我只是負責居中協調，收拾殘局。我還沒有笨到親自上陣與惡魔對抗的地步。想要知道怎麼對付惡魔，你必須和梵蒂岡人員聯絡。」

「我知道了。」

他神情嚴肅。「傑克，情報交流必須互惠。你可不要對我有所隱瞞。」

我點頭。「有進展我會跟你報備的。」

他伸出右手。我們握了一下手。「保重。」

我越過馬路，沿著人行道朝凱普雷特前進。在確定遠離警方勢力範圍後，我拿出手機，打給瑪莉。

「親愛的。」我道。「我這邊出了點事。有個朋友受傷住院，她叫蘇珊．葛林。妳可以去市立醫院陪陪她嗎？」

「妳以前的女朋友？」

「妳在意嗎？」

「一點點。不過不用擔心。除了陪她之外，還有什麼事嗎？」

「等她情緒穩定之後，向她詢問莎翁之筆的下落。」

「莎翁之筆？這麼重要的事情你不親自處理？」

「我有更急迫的事情要辦，有機會我再跟妳解釋整件事情的來龍去脈。」

「好，那你去忙吧。」

我掛斷電話。讓瑪莉去照顧蘇珊或許可能導致日後對我極端不利的後果，但是此刻我不希望讓瑪莉獨處。雖然我有信心瑪莉能夠保護自己，不過這件事牽扯到貨眞價實的惡魔，小心一點總是沒有壞處。我打電話給保羅。

「保羅？還在辦公室嗎？」

「在，但是我要離開了。」

「天使印記沒有結果？」

「還在查。這種東西可能需要親自去圖書館查閱古籍才行。」

「梵蒂岡派人在城內獵捕惡魔，簡森幫我開啓了存取檔案的權限。你有時間幫我分析情資嗎？」

保羅遲疑片刻。「我可以先幫你把檔案載回主機，但是老闆，這件事情我可能沒有辦法幫你。」

「怎麼了？」我問。

「老單位緊急徵召。」保羅無奈地道。「哈瑪斯組織宣稱半個月前的中央車站爆炸案是美國政府蓄意誣賴的。如今有情資顯示他們打算採取激烈的報復行動，我必須立刻前往反恐局聽取簡報。」

我伸手輕揉額頭兩旁，吐出一口長氣。「獵捕惡魔應該比對付恐怖分子新奇多了吧？」

「這不是新不新奇的問題，老闆。職責所在。惡魔尋找莎翁之筆當然不會有什麼好事，但是目前爲止他們的行動還處於綁架勒索階段。根據情報顯示，哈瑪斯的情況比較緊急，威脅也比較大。我非去不可。我已經在電腦裡面留下三名頂尖資料分析師的聯絡方式。有需要的話你先找他們來頂替一下。我必須走了。」

「那你保重。」我道。少了保羅，肯定會導致極大的不便。但是他說的也沒錯，暫時看來，哈瑪斯的問題比較急迫。我收起電話，加快腳步，打算盡快趕回凱普雷特。

噹噹噹。

我深深吸了一大口氣。好嘛，麻煩太多，我竟然把這傢伙都給忘了。我拿出電話，檢視訊息。

「忙完了嗎？」

「告一段落。該是你跟我解釋一切的時候了。」

「一定會解釋。不過除非你打算一直用傳訊的方式溝通，不然最好先幫我做件事情。」

「你就不能打電話來聊聊嗎？」

「不能。」

「要我幫你做什麼？」

「我訂了一批硬體器材，收貨地址是你店裡的地址。算時間應該已經運到了。」

「我店裡……付帳的信用卡不會也是我的名字吧？」

「那倒不是。我需要你回店裡將硬體組裝起來，以便我們展開進一步的溝通。」

「都是一些什麼硬體器材？」

「電腦器材。」

十分鐘後，我回到凱普雷特。吧台後的女酒保揮手向我招呼，她告訴我保羅請假的事，並且提醒我快遞送來了好幾箱東西。我走上二樓，打開辦公室大門，隨即愣在門口。

眞的是好幾箱，而且還是好幾大箱，幾乎佔據了我辦公室三分之一的空間。我扯下黏在一個彷彿裝了一台冰箱的大木箱側的簽收單，很好，串聯伺服器十台、儲存陣列組、網路連線組、無敵防火牆、四十二吋觸控式液晶螢幕五台、訊號交換器、衛星連線接收器、名牌環繞音響組、超感應語音辨識系統、先進體感人工界面系統、互動式３Ｄ成像輸出系統。所有品項最下方還有個括弧，裡面標註「客製化超級電腦」。簽收單右下角還標明價錢：

1,301,000美金。我倒抽一口涼氣，尋找有沒有標明付款方式。銀行轉帳，已付清。了不起。

噹噹噹。

「系統出貨前已經組裝測試完畢。你只需要騰出空間放置它們，並且將所有線材插入正確的插孔就好。所有插槽都有防呆，不必擔心插錯。」

我本身對電腦硬體還算小有研究，不過自從保羅來幫我工作之後，我就不曾親手架設硬體了。本來聽對方說要幫忙組裝電腦，我還不太情願，之後看到這麼多大箱小箱的東西，我心裡更是火大。不過看完價錢後，我體內開始燃起一股翻騰不休的熱血。如果對方不是網路購物的超級受害者，那我面前這些應該都是業界頂級的電腦工藝。有機會架設這種系統，當真是世界所有宅男夢寐以求的機會。

我磨拳擦掌，動手組裝電腦。結果對方說的沒錯，這些硬體確實都已組裝完畢，不須要太過深入研究說明書。問題在於這些機器後面的線材之多，簡直到了令人髮指的地步。我這個人喜歡直來直往，對於整線這種細心工作不太擅長，一開始還想拿膠帶把相關線材捆在一起，但是沒多久我就放棄了，心想反正保羅遲早會回來，先亂個幾天也無所謂，攤著吧。

電源是個問題。不過保羅在庫房裡放置了一台強力備用發電機，照他的說法，那是專門為了應付「反恐局遭受摧毀，他個人必須啓動民間力量成立臨時反恐組織指揮所」的情況而囤積的裝備。我下樓找個熟客幫忙，齊心合力將發電機抬上辦公室。結果太大台，進不了門，無所謂，擱在門外吧。反正保羅遲早會回來。

三個小時後，一切準備妥當，我啓動超級電腦。

數秒過後，主螢幕進入一個我沒有見過的作業系統，隨即開始啓動個別硬體。旁邊的硬體一台接著一台開始運作，那種感覺就像是電影裡塵封許久的祕密基地重新啓用了一樣。一切系統偵測全部通過。接著系統開始自行操作，程式自動執行。我看到一個類似３Ｄ建模軟體的視窗，以超快的速度建構一個人體模型。互動式３Ｄ成像系統啓動，開始在３Ｄ平台上同步繪製３Ｄ影像。一分鐘後，模型繪製完成；又過了一分鐘，材質和貼圖建立完成；這個３Ｄ成像系統所繪製出來的物品竟然能夠對應我辦公室中的眞實光源，光這一點就足以顯示這套系統強大的技術能力。但是不管這台電腦有多強大，運算速度有多駭人，眞正讓我驚訝到張口結舌的，是站在我面前這道眞人比例大小的３Ｄ投影虛擬人物。

環繞音箱發出一陣雜音，彷彿數百個電台同時發聲，試圖組織出一個共同的聲音一般。

十秒後，電腦完成了聲波模擬，終於讓虛擬人物開口說話。

「好久不見，威廉斯先生。」

我看著眼前這個美麗絕倫的女子身影，聽著她那銷魂動人的清脆語音，目瞪口呆起碼十幾秒，最後終於嚥口口水，緩緩說道：「好久不見，愛蓮娜。」

「怎麼樣？不高興見到我嗎？」愛蓮娜問。我注意到她的語氣似乎試圖表達一種頑皮的笑意，但是顯然不太成功。特別是當她的立體投影虛擬面孔上沒有流露任何笑意時更是讓人感覺詭異。

「怎麼會不高興見到妳呢？」我說著伸手就要跟她握手，接著兩臂一舉想來個擁抱，但是在想到我根本不可能碰觸到她之後，只能神色愚蠢地對她微笑。「我只是沒想到能在這裡見到妳而已。」

愛蓮娜看著我尷尬的神情，輕輕點了點頭，然後揚起右掌放在身前，比了個「請等一等」的手勢。只見她的投影影像突然一閃，嘴角開始緩緩上揚，逐漸繪製出一個笑容。約莫五秒過後，笑容終於繪製完成。她將嘴巴回歸原始的嘴形，然後對我展露流暢的微笑。「不好意思，硬體運算的速度慢了點。不過請放心，只要繪製過的動作就會存入資料庫，下次再度提取的時候就不用重新繪製了。」

我張開嘴巴，半天沒有發出聲音。我心裡有好多問題想問，但不知道該從何問起。「這是……」我終於開口，不過卻問了一個頗不相干的問題。「這套算是……頂級電腦了吧？還慢呀？」

愛蓮娜再度微笑。「雖然我們兩個平行宇宙的科技水準不可能同步發展，但再怎麼說，我所在的年代還是比你們這裡晚了十億年。我只能說，運算速度的快慢是種相對的概念。」

「我想我需要坐下來。」我說著走到辦公桌後，拉開辦公椅，慢慢地坐了下去。「好吧，到底有多慢？這套系統可以發揮妳多少功能？」

「只要有足夠的運算時間，當然可以發揮我大部分功能。只是看你有沒有耐心等待而已。電腦不就是這個樣子嗎？」

我點頭。「說得也是。」

「只要關閉大部分非必要的指令集和子程式，我還是可以靠這套硬體維持可接受的運算速度。」她停了一停，繼續補充：「比方說『情緒模擬』就是一個極端消耗資源的指令集。我原先的那具身體裡面還特地爲了這個功能安裝獨立的情緒晶片。關閉情緒模擬功能會讓我顯得冰冷無情；但是如果不關閉這項功能的話，就連正常交談的速度都會受到大幅影響。」

「多大的影響？」我問。

「你問我一句話，我可能要隔二十三天才能回答你。」

「請妳務必關閉這個功能。」我說完又好奇道：「但是妳剛剛笑了？」

愛蓮娜再度微笑。「那不是情緒模擬，那是預設行爲。見到老朋友要笑，這不是很基本的反應嗎？」

「說得是，說得是。」

「幫我一個忙。」愛蓮娜閉上雙眼。她的身前光線閃動，許多綠色光點迅速組成一個方塊。「請戴上桌上那副虛擬互動電子手套，幫我執行這個檔案。」

她話一說完，方塊隨即組合完畢。她伸手將綠色方塊的正面轉向我，其上寫著檔案名稱「Elaina.exe」。我看看檔案，看看愛蓮娜，忍不住笑道：「愛蓮娜執行檔？妳是在開玩笑嗎？」

愛蓮娜搖頭。「我抵達你的宇宙至今三十六天。這些日子以來，我一直遊蕩在你們的全球資訊網路訊號中，處於一種十分虛幻的狀態。想像你的身體分散在世界各地，到處都有你，但到處都不是你。我是隱藏在電子訊號中的鬼魂，我的存在並不踏實。想要眞正進入你們的宇宙，我必須在這裡取得一具軀體。」

我茫然點頭。「就是這套電腦系統？」

「聊勝於無。」愛蓮娜將檔案推到我的面前。「執行這個檔案，等於正式宣告這套系統的主權歸我所有。我可以在這個宇宙中紮根，眞正與這個世界產生互動。我當然可以自行佔據這套系統，但是那樣的存在不夠紮實。想要讓我所有的意識進入這個宇宙，我需要這個宇宙本身的居民幫我執行這個檔案。」

「爲什麼？差別在哪？」

「把它想成藉由執行這個檔案，我等於接受你的邀約進入這個宇宙，進而強化我出現於此地的正當性。」

我側頭看她，神色疑惑，過了數秒後問道：「妳怎麼會知道這種事情？我不認爲之前的妳會說出這種話。妳又進化了，是不是？」

愛蓮娜雙眼綻放資訊處理的光芒。她透過發光的眼睛凝望著我，放慢發音的速度，緩緩說道：「起源物質爆炸的瞬間，我在宇宙的中心裡看見了上帝的容顏……」

我愣在原地，想起當時的景象、對話，以及當時莫名其妙流下的淚水。「是呀……我也看到了。」

「你知道當時我做了什麼嗎？」愛蓮娜語氣平淡地問道。

「不知道。」

「我哭了，流下了眼淚。你知道那對我來說代表什麼嗎？」

「什麼？」

「奇蹟。」

我們凝視彼此，沉默片刻，各自回想各自的奇蹟。「所以妳……」我開口問道：「經歷過那次奇蹟，妳就變得……？」

「我只能想到一種說法來表示。」愛蓮娜的語氣依然平淡。「就是我獲得了生命。」

我側頭看她，揚起眉毛。

「物質先知聽說這件事情之後，他說……」愛蓮娜停頓兩秒，似乎有點遲疑，但是由於她的聲音缺乏語氣變化，所以聽起來比較類似播放音訊檔的時候突然中斷了片刻。「他說當我進入其他平行宇宙時，可以自行選擇要以機器爲宿主，或是挑選眞人。」

我愣了一愣。

「他說我可以以靈魂的姿態附身人類的肉體。」

我眨眨眼，忍不住內心驚訝。「那……」我問。「爲什麼要選擇電腦？爲什麼不附身人類？我要是妳的話，一定會想趁這個機會體驗一下當人的感覺。」

「很誘人，但是不切實際。」愛蓮娜道。「首先，尋找沒有靈魂的軀體並非一件容易的事，而我並不打算強行侵佔他人肉體。其次，附身人體，我就只是一個平凡的人類。我將會失去我的優勢，能夠提供給你的幫助相對有限。身處電腦中，搭上全球網路訊號，我才能以最有效率的方式再次與你一起拯救宇宙。不過這次，我們要救的是你的宇宙。」

我凝視她幾秒，點了點頭，然後伸手接過綠色方框，在上面拍了兩下，執行愛蓮娜執行檔。立體顯像器中冒出許多白點，如同數不清的資訊之光同時爆炸。所有愛蓮娜硬體設備同時發出運作聲響，所有燈號閃爍不已，彷彿突然自沉睡中甦醒過來。我辦公室中以及整間凱普雷特的電燈突然間黯淡無光（或許還包括整個蘇活區，我不確定），辦公室裡原先的電腦系統跳電，重新開機。儲存陣列裡一百顆硬碟全部開始存取資料，根據螢幕顯示，短短幾秒間就已經下載了超過五十ＴＢ的容量。各式各樣的對外連線管道全速運作。我不清楚她在下載什麼資料，但是顯然她爲了這一刻已經準備多時。

一分鐘後，光點消逝，愛蓮娜的身影再度清晰，辦公室的燈光恢復正常，我的電腦重新開機完畢。我站在愛蓮娜電腦前，靜靜地調節紊亂的呼吸。我看著她、看著她的硬體設備，實在難以克制心中的興奮。我幾乎可以看到能量在硬體中緩緩脈動，可以感到愛蓮娜身上散發出來的生命氣息。這台電腦不是冰冷的機器，它甚至比反物質神杖世界裡愛蓮娜本身的軀體還要生氣勃勃。它是活的。它有生命。

愛蓮娜有生命。

雖然她不能「模擬情緒」。

愛蓮娜對我點頭。「好了。謝謝你。」

我轉向儲存陣列。一百ＴＢ的空間滿了。「妳這麼……肥大呀？」

「眞是非常懂得稱讚女人，威廉斯先生。」愛蓮娜搖頭說道。「我的核心程式運算法比這個年代的同類型運算法要先進很多，相對之下容量就變得很小，所以才能在你們這種低速網路世界裡通行無阻。儲存媒體裡的資料都是我這幾天瀏覽網路時認爲有進一步分析價値的訊息。你絕對無法想像你們世界的網路中存在多少垃圾。」

「相信我，我可以想像。」我搖頭說道。

「我換個方式表達，」愛蓮娜說。「你絕對無法想像你們世界的網路中存在著多少色情資訊。」

「相信我，這點我也可以想像。」我再度搖頭。

「我知道。」愛蓮娜眨了眨眼。「你的伺服器裡儲存的色情資訊比例比一般人高，我不明白你當初爲什麼會拒絕我的安慰。」

我張開嘴巴，想不出這話該怎麼接。數秒過後，我決定跳過這個話題。「不急著敘舊，妳爲什麼會進入我的世界？」

「物質先知叫我來協助你。」

我皺起眉頭。「物質先知有跟妳解釋過我們兩個世界之間的關係嗎？」

「平行宇宙的觀念並不特別新穎。」愛蓮娜道。「不過，物質先知確實提到你們的宇宙是所有平行宇宙的中心，如果你們的宇宙遭遇不測，其他宇宙都將難逃大劫。」

這倒也是一種說法。守門人沒有跟愛蓮娜說實話，不過這樣的解釋對她而言也沒什麼不妥。問題在於守門人根本不應該讓她涉入眞實世界的事情。他是守門人，守住筆世界的大門，不讓虛構人物出去才是他的本職，而不是放虛構人物出來幫我。現在到底是什麼情況？

「爲什麼物質先知會認爲我需要妳的幫助？他有請妳帶什麼口訊嗎？」

「有的。」愛蓮娜點頭。「他說要你務必找出威廉．莎士比亞。」

我倒抽一大口涼氣，內心驚訝無比。好吧，如果不是天大的巧合，就是剛剛那個夢境竟然是眞的。我的夢境，我堅持與筆世界切割的最後樂土，終於被守門人這個老傢伙給入侵了。我伸出右掌，搓揉額頭，神色苦惱。「威廉．莎士比亞……爲什麼要我去找一個已經去世將近四百年的人？」我喃喃自語，隨即嘆了一口氣，放下手掌，抬頭看她。「從頭說起，到底是怎麼回事？」

「三十六天前，我正在返回物質先知太空站途中，突然接收到物質先知的緊急求救訊號。當我趕到太空站時，發現整個太空站已經遭受嚴重損毀，物質先知不知所蹤。我在廢墟中找到物質先知留下來的一段訊息，按照指示修改太空站氣壓艙門線路，隨即穿越艙門，進入一個十分原始的平行宇宙。那是一座裝設木製紅門的石洞，洞中還有一間小木屋，我進入木屋，發現地上有個類似隕石坑、但表面圓滑平整的大洞。而那大洞的中央，站著一名……」

「一名什麼？」我忍不住問道。「妳見到攻擊物質先知的人了？」

「不是人，是人形生物，特徵是背上長有一雙羽翼。」

「背上有羽翼的人？」

「天使。」愛蓮娜點頭。「物質先知說對方是天使。」

「天使？」我愣了愣。「你們那個年代還有天使這種概念？」

「當然有。宗教乃是文明的基礎，不管科技如何發達，宗教始終在智慧生命的社會中扮演根基的角色。況且，我不久之前……才見過上帝。」

「但是妳說『物質先知說對方是天使』，聽起來妳自己似乎並不怎麼信服？」

「我認知中的天使應該是代表善良純淨的力量，代表上帝的旨意。」愛蓮娜道。「不應該是一股毀滅性的力量。不應該會爲了逼問線索而折磨物質先知才對。」

「天使折磨物質先知？」我問。我心裡其實在想，就天主教的角度來看，物質先知顯然是屬於異教神諭，是異端邪說。早期地球歷史上，天主教迫害異端就跟家常便飯一樣，要說天使折磨物質先知，說眞的也不是什麼難以置信的事。不過我沒有把這話說出口。畢竟，愛蓮娜最近才見過上帝。

我也是。

「我到的時候，天使已經拷問完畢。他回頭看了我一眼，什麼話也沒說，雙翅一展，破洞而出。留下渾身是血的物質先知，奄奄一息地躺在地上。」

「妳救了他？」

「是。我依照他的指示，打開石洞後方的密室，扶他躺上一張冰床。接著他就叫我前來找你。」

「他有沒有說……」我思索著用字遣詞。「天使是來自我的世界，或其他平行宇宙？」

「他無法分辨。他說宇宙間的界限已模糊不清，再也無法分辨了。」

可惡。我皺起眉頭，問道：「那天使到底逼問他什麼？」

「天使問他兩件事。」愛蓮娜道。「第一個是米迦勒在哪裡？」

「米迦勒？大天使米迦勒？」我的眉頭越皺越深。「對方如果眞是天使，爲什麼不知道米迦勒在哪裡？」

「我不知道。」

「那物質先知知道米迦勒在哪裡嗎？」

「他說他很久以前曾見過米迦勒，但是他完全不記得了。」

「這什麼話？」

「根據物質先知的說法，」愛蓮娜解釋道。「很可能是米迦勒故意奪走他和物質先知相遇的記憶，但是又刻意在物質先知腦中留下曾經見過他的印象。」

「爲什麼？」

「爲了讓物質先知成爲其他天使找尋米迦勒的一條線索。」

我沉思片刻，想不出頭緒，問道：「那天使問的第二個問題是什麼？」

「莎翁之筆在哪裡？」愛蓮娜道。

這個問題倒沒有令我驚訝。既然惡魔在尋找莎翁之筆，天使也在尋找自然不足爲奇。問題是他們的目的何在。「天使有說爲什麼要找莎翁之筆嗎？」

「物質先知有問，但是加百列沒說。」

「加百列？」我問。

「那個天使自稱加百列。」

我再度搓揉額頭。本來惡魔的事就已夠我心煩了，如今又加入了天使，而且還是加百列這種。我沒有在現實中和天使、惡魔打交道的經驗，自然難以判斷哪方人馬比較棘手。但說實在話，加百列的名頭可比魔拉克響亮多了。魔拉克一出手就被我趕回地獄（雖然我不知道是怎麼回事），但加百列可是一出手就把守門人給打成殘廢。看來這次，我必須步步為營。

「加百列為什麼願意離開？」我終於問道。「物質先知是怎麼應付他的？」

「物質先知要我向你表達抱歉之意。」愛蓮娜停了一停，繼續說道：「他說他必須要保住一條老命，繼續守門的職務，以免情況持續惡化。」

我心裡一沉。「他把我賣了，是不是？他叫加百列來找我？」

愛蓮娜點頭。「他要你盡快找出威廉．莎士比亞。他說他是你唯一可以用來跟天使談判的籌碼。」

「說得容易。」我語氣不悅。「問題是上哪去找一個死了快四百年的人？」

「這就是先知叫我來幫助你的原因。」愛蓮娜說。「我是最頂尖的資料分析師，有能力輕易存取這個世界的所有資料。只要他有留下任何蛛絲馬跡，我就有辦法幫你找到他。」

「這倒提醒了我。」我道。「我家的頂尖資料分析師剛剛離職，妳在這時候出面頂替他眞是再恰當不過了。但是……我想我還是應該先去找物質先知這個老傢伙談一談……」

「物質先知說爲了防止情況惡化，他會在我抵達你們的世界後封閉平行宇宙的交通管道，叫我告訴你不要去找他了。」

「眞是方便。」我惡狠狠地道。「他最好能夠眞的封閉，封得起來就不會出那麼多事了。」

「不管怎麼樣，還是很高興能再度與你合作。」愛蓮娜道。「我要開始分析資料了。你有什麼特別的事情需要我優先處理嗎？」

我想了想，目前看來，聖約翰大教堂是唯一比較明確的線索。「妳對我們這裡的天主教熟悉嗎？」

「還可以，因爲加百列的關係，我有特別花工夫研究。」她指向儲存陣列。「那裡面有一大部分都是與天主教有關的資料。」

「幫我看看紐約市的聖約翰大教堂有沒有什麼值得注意的地方。」我說著開始準備外勤工具袋。「紐約警局特別協調組針對梵蒂岡最近在紐約的驅魔活動已對我開放權限，查詢那裡面的資料，等等向我簡報。」

「你要去哪裡？」

我穿起大外套，揹上工具袋。「去聖約翰大教堂了解惡魔附身的情況。」

「開啓任務頻道。」愛蓮娜立刻開始工作。「預計五分鐘後開始簡報。」

我走到門口，側身繞過巨型發電機，接著又探回頭來。「愛蓮娜。」

「威廉斯先生？」

我微微一笑，輕輕點頭。「很高興再次與妳共事。」說完下樓離開凱普雷特。

ch.3 聖約翰大教堂

根據紐約警方的資料，梵蒂岡首批派來紐約對付附身惡魔的驅魔神父共有三名，不過已經在地鐵站裡全軍覆沒，因爲他們沒有想到出現在紐約的會是阿拉斯特和梅菲斯特這種大魔頭。第二批驅魔神父已於昨天傍晚抵達，領頭的是法蘭西斯．巴貝爾神父。關於此人，紐約警方只紀錄名字而已，沒有背景資料。愛蓮娜花了點時間深入了解，得知此人乃是梵蒂岡特勤組的祕密幹員，曾兩度救過教宗的性命，其中一次甚至是飛身擋子彈。他深得教宗信任，在特勤組中擁有極高地位，擁有心理學博士學位，但是除此之外，查不到任何驅魔相關經驗。

梵蒂岡有神學院公開教授驅魔課程，而心理學在驅魔課程中佔有極重要地位。因爲驅魔的第一個步驟就是判斷對方是否眞的遭到惡魔附身，或只是心理問題。事實上，絕大部分案例都是心理問題。不少驅魔神父終其一生都在幫人驅逐心魔，而不是眞正的惡魔。

聖約翰大教堂是世界上最大的歌德式教堂，同時也是世界第三大教堂，建造於西元一八九二年，期間經歷戰爭和大火，至今尚未完工。教堂園區佔地約兩個足球場大小，除了教堂本身之外，另還附設學校、人員宿舍、宗教藝術博物館等建築，不但是紐約市區重要的宗教場所，同時還是人們探討各式各樣問題的文化中心。

聖約翰乃是耶穌十二門徒之一，〈約翰福音〉的作者，同時也是《新約聖經》最後一章〈啓示錄〉的作者。後世有學者質疑〈約翰福音〉的文句通暢，〈啓示錄〉卻較爲粗略，似乎不是出於同一人的手筆。另有一派聖經學者認爲，〈約翰福音〉可能是出於約翰口述，由其他人代筆潤飾，所以行文流暢。至於〈啓示錄〉則是約翰遭受宗教迫害，被放逐到帕特摩斯島囚禁期間，接受天啓看見異象而親手紀錄下來的預言書。〈啓示錄〉鉅細靡遺地描述末日災難，包括帶來飢荒、瘟疫、戰爭及死亡的天啓四騎士、七號角、七碗災難、魔王撒旦與大天使米迦勒的戰爭等等，最後以世界毀滅、最後審判、新耶路撒冷從天而降，爲信上帝之人帶來永生樂土作爲結尾。或許〈啓示錄〉的寫作背景是爲了給當時普遍遭受迫害的基督徒帶來美好來世的期盼，不過說眞的，在現在這個時間點上，我不禁要想，如果〈啓示錄〉也是由莎翁之筆寫作而成，那會是一場什麼樣的災難。

幸虧〈啓示錄〉的寫作年代遠在莎士比亞出世之前。

愛蓮娜自警方的檔案中找出附身惡魔的宿主檔案，並且提供照片傳送到我的手機。阿拉斯特的宿主是國內一間大型私人部隊組織的執行長，擁有許多國防部委外傭兵的合約，並且承包不少中東地區的大型軍事基地工程。他是有頭有臉的人物，後台在美國本土算是屬一屬二的硬，紐約警方不管與多少執法單位交涉都動不了他。由於之前已經在地鐵站裡打草驚蛇，如今梵蒂岡的神父想要見他一面只怕難如登天。

梅菲斯特的宿主是個居無定所的流浪漢，紐約警方有一張照片，但是沒有任何背景資料，除了性別是男的以外，就連對方的姓名都查不到。我認爲這是爲了方便他暗地採取破壞行動。畢竟儘管阿拉斯特的宿主權勢滔天，影響力無遠弗屆，但是一舉一動都遭到監視，辦起事來反而不如一個無名流浪漢方便。

我將兩名宿主的長相記在心裡，然後要求愛蓮娜連入教堂的監視系統進行容貌辨識。愛蓮娜質疑：「你認爲惡魔會去教堂？惡魔能夠進入教堂嗎？」我回答：「天知道？直到今天早上爲止我都還以爲惡魔並不存在。總之妳進行辨識就是了。」

結果聖約翰大教堂裡的監視攝影機沒有我想像中多，而且大部分都集中在遊客聚集處。愛蓮娜一邊進行容貌辨識，一邊將即時監視畫面傳送到我手機裡。我利用等待紅燈的空檔看了看，搖頭嘆氣。任何有心人士都可以輕易避開所有攝影機的監控。惡魔如果想要混進聖約翰大教堂根本不是難事，當然前提是他們能夠進入教堂。

幾分鐘後，我在聖約翰大教堂正門附近停車熄火，坐在駕駛座上回想我對〈啓示錄〉中災難的相關印象，然後交代愛蓮娜順便針對基督大敵和莎翁之筆進行查詢。魔拉克回歸地獄前曾經提到基督大敵，我認爲找出這個傢伙的身分也是非常重要的事。

可惡，如果現在處於筆世界裡，我會說這個故事同時有太多支線進行，很容易雜亂到失去焦點，導致讀者失去閱讀的注意力，同時作者也可能會有遺忘的線索沒有處理，最後搞得結局處理不善，變成虎頭蛇尾……

不過，我現在不是處於莎翁之筆的故事裡。

我下車關門，按下防盜，站在人行道上。華燈初上的街燈下，看著眼前莊嚴肅穆、富麗堂皇的聖約翰大教堂，我認爲天主教教堂是世界上最能夠展現宗教力量的東西，宏偉的建築風格、美輪美奐的聖徒雕像、神聖華麗的彩繪玻璃、極品藝術的巨幅壁畫……說眞的，沒有那種財力與權力的集合，哪裡建造得出這種東西？

我一直覺得自己與天主教間存在著一定的關聯，但是同時我又莫名其妙地排斥這個宗教。這種感覺十分有趣，大概就是說……我很清楚如果我信教的話，一定會信天主教，不過偏偏我不信教。我曾經讀過聖經，不過是跳著看，查閱資料性質地看。對我來說，聖經是故事，而且是驚險刺激的奇幻故事（《舊約聖經》比《新約聖經》好看）。我相信神愛世人，我甚至相信信上帝得永生。但是我不相信上帝會選擇性地愛人。我不相信如果我不信天主教，他就不會愛我。在我闖蕩眾多筆世界的生涯裡，曾經接觸各式各樣有趣的宗教觀念。我就像看過太多奇幻故事的宅男一樣，認爲世界上只有唯一眞神，他可以是阿拉，可以是耶和華，可以是宙斯，是釋迦牟尼，甚至可以是外星人。上帝就是上帝，他不會在乎你如何稱呼他。

但是生存在塵世間的凡人卻會在乎你信仰什麼宗教。

我一直都認爲，如果有一天莎翁之筆的世界失控，事情終於爆發開來，一切通通鬧到眞實世界裡的時候，我要面對的問題一定會跟天主教有關。爲什麼？我不知道。或許是天主教樹大招風；或許是一種預感；或許跟我個人過去的某些空白有關……是的，我的過去存在著空白，存在著不爲人知的謎團，連我都不知道答案。多年以來，我一直認眞過活，專注在眼前以及未來的問題上，幾乎沒有時間回顧過去，也不想回顧。但是今天，我的胸口莫名其妙地出現了一個天使印記（不管那是什麼），再度開啓了這扇通往過去的大門。我很願意相信這個印記是我的守護天使在發揮功效，是天界勢力爲了我所擔負的重任而賜給我的能力。但是內心深處我很清楚，這個印記跟我的過去有關，很久很久以前的過去……

太久以前的過去。

我走過人行步道，來到聖約翰大教堂正門前的台階。我看著聳立在我面前的肅穆大門，深吸一大口氣，走了進去。我找到一名教堂員工，自稱是紐約警方的特別顧問，要求與愛德蒙主教會面。對方將我帶往偏堂的一間會客室，請我稍待片刻，然後離開。

我站在會客室的中央，默默打量室內景象。這裡當然沒有教堂本身那樣華麗，但是給人一種寧靜聖潔的宗教場所的感覺。一面石牆前放置一座大型的書櫃，櫃裡擺滿各式各樣宗教古籍的復刻品。旁邊還有一個小書架，架上放了幾本現代雜誌，多半是爲了像我這種俗人訪客準備的。地上鋪有一塊大地毯，地毯上放著一張桌子和幾張椅子。我走到書櫃對面的牆前，一張點有幾根蠟燭的小木桌旁，抬頭凝望牆上的十字架，以及釘在架上的耶穌聖像。

只要是活在地球上的人腦中幾乎都存在著這幅耶穌在十字架上受難的畫面，但是如果不是教友，大概很少有機會如此近距離凝視耶穌的容顏。我看著這名代替世人受難的上帝之子，思緒逐漸飛奔到數個月前，我在宇宙核心灌注起源物質，重新啓動宇宙之後與上帝的簡短交會（關於這段經歷請參閱拙作《反物質神杖》）。當然，對方是某一個筆世界裡的上帝，但是誰說上帝不會眞的存在於筆世界之中呢？當時上帝問我爲什麼要到其他宇宙去尋找上帝，我告訴他因爲我在自己的宇宙中找不到上帝。

因爲我是一個失去信仰的人。失去信仰，偏偏又無助地想要追求信仰。

我下意識地伸出右手，放在我的左胸上。或許這個天使印記就是當時上帝在我身上留下的？很可能，雖然我不這樣認爲，但是目前看來這是比較合理的解釋，畢竟，我這輩子與天界勢力打交道的經驗並不太多。

我暗自期待那個自稱加百列的天使找上門來。

「威廉斯先生？」一個低沉的聲音自我身後傳來。我隨即轉身，發現會客室門口走入一名身穿主教長袍、約五十來歲的男人。他一邊反手關門，一邊調整脖子上的教士領結，慈祥和藹地對我笑道：「抱歉讓你等候，我沒有想到這麼晚會有訪客。」

「不好意思這麼晚還來打擾。」我迎上前去，跟他握了握手。「愛德蒙主教？傑克・威廉斯。」

我們來到會客桌旁，分賓主坐下。愛德蒙主教開門見山。「他們說你是紐約警方的特別顧問？」

我微微一笑：「其實我是特別協調組介紹來的。因爲我今天遇上了一件比較特別的事情，特別協調組的簡森組長認爲跟貴教堂此刻與梵蒂岡配合的事件有關，所以介紹我來向你們知會一聲，順便請教一些相關知識。」

「啊……」愛德蒙主教眼睛一亮。「簡森組長剛剛跟我通過電話。所以你就是……驅走魔拉克的人？」

我沒想到他會如此直接切入主題，忍不住愣了愣，隨即點頭道：「或許可以這麼說，其實我不太明白當時究竟發生了什麼事情。」

愛德蒙主教點頭。「你認爲當時發生了什麼事？」

我張開嘴巴，卻發現這個問題有點難答。我直覺地想要實話實說，但又覺得實話似乎荒謬無稽。我緩緩說道：「一個平凡無奇的藝術家遭受……惡魔魔拉克附身，接著魔拉克在接觸到……我的胸口時引火自焚，化成……一陣黑煙墜回地獄。」

愛德蒙主教側頭看我。「聽你的語氣似乎不太能夠相信這種事情？」

我深吸一口氣。「其實我的一些經歷讓我不會對這種事情太過錯愕，只是……這種感覺很難言喻，總之眞的遇上這種事還是給我一種很不眞實的感覺。」

愛德蒙主教凝視著我一會兒，誠懇地問道：「威廉斯先生，你信上帝嗎？」

我慢慢說道：「我相信上帝存在，是的。」

愛德蒙主教輕輕搖頭：「這不算是回答我的問題。」

「對不起？」我揚眉詢問。「你是要問我相不相信上帝會賜給我們對抗邪惡的力量嗎？還是要問我相不相信上帝熱愛世人，熱愛他所創造的世界？或是說他會不會背棄迷途之人？會不會選擇性地救贖世人？」

「我只是問你信不信上帝。」愛德蒙主教再度親切地微笑。「這是一個很簡單的問題，但是很顯然你心裡沒有一個很明確的答案。」

我伸出一根手指在他眼前搖晃。「我相信上帝。」我道。「我只是不認爲他相信我。」

「他相信你的。」年長的主教神情堅定地說道。「上帝對他所有子民都有信心。」

「那爲什麼還會有啓示錄預言呢？」我質問。「爲什麼還會有審判日呢？如果他對世人有信心，為什麼還會認為世界有一天將須要徹底淨化呢？」

「嗯，」主教輕輕點頭。「你認為是為什麼呢？」

我凝視著他，思索這個問題。

「很發人省思，對不對？」主教問。

我皺眉。「所以〈啓示錄〉只是一個發人省思的預言？」

「或許。」主教道。「或許它只是在導人向善；或許它只是在反應當時的社會背景，提供信徒寄託的依歸；也或許它是一件無可避免的重大災難的具體陳述。未來的事情，誰說得準呢？或許〈啓示錄〉永遠都是一件存在於未來的事情？」

「你用了很多『或許』。」我說。「我以為一個宗教對於本教所預言的末日災難應該抱持更明確的態度才是。」

主教微微湊向前來，緩緩開口說道：「或許。」

我們兩人相視一笑。

接著愛德蒙主教伸手比向我的胸口。「簡森組長提到你胸口出現過發光的印記？」

我點頭。「已經消失了。」

「我可以看看嗎？」

我解開胸前的鈕扣，露出我的左胸，除了幾條淺淺的爪痕之外什麼也沒留下。愛德蒙主教湊上前來仔細端詳，似乎可以看見什麼發光的羽毛一樣。我凝視他的眼神，看不出什麼端倪，但是他這種行爲彷彿表示他知道自己在尋找什麼。片刻過後，他坐回自己的椅子。我扣回上衣的鈕扣。

「怎麼樣？」我有點期待地問道。

「什麼也沒看到。」他回答。雖然是顯而易見的答案，但我還是感到些微失望。

愛德蒙主教沉思片刻，又道：「你說那個印記是什麼圖樣？」

「金色的羽翼。」我答，接著又刺探性地詢問：「你有見過類似的情況嗎？」

「沒有。」他邊想邊道。「但是我或許曾在某本書裡看過相關的記載。」他站起身來。

「請你稍坐片刻，我去查一查。」

我的目光隨著愛德蒙主教的背影來到門口，隨即向上移動到門框上方的監視器上。我伸手輕拍耳機。「愛蓮娜？妳在看嗎？」

耳中傳來愛蓮娜的聲音。「沒有。」

「沒有？」我瞇起雙眼，發現監視器的燈號顯示紅色。我皺起眉頭，起身朝門口走去。

「監視器壞了？」

「根據他們警衛室的紀錄，該監視器在三十八分鐘前因爲不明原因自動下線。我在他們的主機中植入診斷程式，沒有硬體上的異常，應該是訊號線路遭人手動拔除。」

我來到門側觀察監視器的後方，的確沒有接上訊號線。「我看到了。」我走回去拉張椅子過來，開始重插訊號線。「教堂其他監視器有這種情形嗎？」

「沒有。所有監視器全部運作正常。」

「當時有訪客進入會客室嗎？」

「我不知道。」愛蓮娜回答。「教堂訪客是登記在登記簿上，沒有輸入電腦。」

「好了。」我插好訊號線，燈號隨即轉爲綠色。「收到畫面了嗎？」

「有了。」

「看看有什麼不尋常的地方。」

我說完把椅子拉回原位。不過才剛把椅子放上地毯，愛蓮娜已經有所發現。「先不要把椅子放回地毯上。」

我將椅子移動到旁邊的地板上放置，低頭觀察。「怎麼了？」

「你腳邊的地毯最近有遭人移動過的痕跡。」

我蹲下仔細打量，發現地毯和地板上薄薄的灰塵間留有十分細微的縫隙。我起身將地毯上的桌椅通通移開，然後扯起地毯邊緣向旁一掀，只見其下的地板上被人以粉筆畫下一道五星結界。線條旁邊用一種我不認得的文字寫下密密麻麻的咒文。我讓到一旁，讓監視器拍到結界全貌。「清楚嗎？」

「清楚。排除雜訊，獨立符文，參照中……」

「多半是古天使文。」我側頭研究了一會兒，隨即動手將地毯和家具擺回原位。「用來囚禁惡魔。這種做法很合理，如果有附身惡魔敢來探路的話，只要先請進會客室……」

我突然停止說話，頭皮登時一陣發麻。這時我正蹲在地上拉齊地毯，無意間目光瞥過剛剛的燭台桌，卻發現長長的白色桌巾底下隱隱透出一塊格子布匹，看起來十分類似男性襯衫。我站起身來，繼續擺放家具，不動聲色地朝燭台桌移動。就在我距離目標只剩兩步之遙時，愛蓮娜再度出聲：「是囚禁結界沒錯，但不是古天使文，是古惡魔文。這是一道專門用來囚禁天使的結界。」

我「嗯」了一聲，自外勤袋中取出一條十字架項鍊纏在手掌上，然後拔出一把銀匕首。我將匕首舉在胸前，突然出手掀開白色桌巾，隨即愣在原地。桌下的確藏了一個男人，不過乍看之下顯然是個躺在地上的死人。我不敢掉以輕心，伸出匕首輕貼對方臉頰，緩緩將他的頭轉過來。看清對方容貌後，我當場倒抽一口涼氣，掌心一抖，匕首差點摔落地面。我將桌巾放回原位，再度遮蔽死人，接著抬頭看向門口監視器。

「認出來了嗎？」我問。

「無名流浪漢，梅菲斯特的宿主。」愛蓮娜答。「你認爲是驅魔神父殺了他嗎？」

「然後把屍體留在會客室裡？」我搖頭。「不太可能。我認爲他來到此地，拋棄皮囊，附身在另一個人身上。問題是誰被他附身了？」

「希望不是愛德蒙主教。」愛蓮娜道。

「怎麼說？」

「因爲他快要開門進來了。」

我將匕首塞回外勤袋，快步遠離燭台桌，走回會客桌旁，轉過身來面對門口。當第一滴冷汗自我額頭滴落的時候，愛德蒙主教已經推開會客室大門進來。

愛德蒙主教手裡捧著一本大書，推開門後抬頭看了我一眼，隨即蒙著頭來到桌前，一把將書攤在桌上，神情熱切地翻閱起來。這本書看來年代久遠，書頁泛黃，封面使用的是一種十分雅緻的字體，就是不仔細看根本看不懂的那種。我只能猜測那是一本與古老宗教圖形符號有關的書，因爲內頁插圖頗多，而且大部分都是具有象徵意義的圖像。

「這是什麼書？」我一邊有意無意地與他保持距離，一邊微感好奇地問道。

「《你所不知道的九百九十九種宗教符號》。」主教邊查邊答。

我愣了一愣。「這麼商業化的書名？」

主教微微一笑。「不要被它的外表騙了，這只是一本做工比較細緻的仿古書而已。它要眞的跟外表一樣古老，早就被鎖到梵蒂岡圖書館裡去了。啊！」他低呼一聲，指著右頁的插圖問道：「是這個嗎？」

我移動腳步，湊到他身後，雙手平舉胸前，提防他隨時發難。我不清楚他是否遭到惡魔附身，但小心點總不會錯。

圖上畫的是一雙展開的羽翼，下方註明「附身聖體的印記」。我搖頭：「不是，我印記中的羽翼沒有展開，而且只有一邊，而不是一雙。」

「嗯……」愛德蒙主教皺起眉頭，繼續往下翻去。

「附身聖體的印記？」我問。

「常見的一種天使印記。」愛德蒙主教說。「當然並不是眞的那麼常見，畢竟天使不常在人間出沒。」

「被天使附身的人身上會有這種印記？」

愛德蒙主教點頭。「受到天使神力觸發的時候才會顯現，一般都出現在背部。」

「是被附身過才會有？」我提問。「還是有這個印記才會被附身？」

他停止動作，轉頭看了看我，接著有點認命地翻回之前那頁，手指比著內文閱讀，片刻後說道：「根據這裡記載，能被天使附身是一種與生俱來的榮譽，所以印記基本上是生下來就已經存在了。不過除非印記之人眞的遭受天使附身，不然他不會知道自己身負此印。」

我點點頭，繼續問道：「那麼惡魔呢？被惡魔附身的人身上是不是也有類似的印記？」

他又轉頭看了我一眼，這一次，目光似乎比之前銳利。「或許有，」他說。「但是我們現在要查的是你身上的印記。」

我一攤手。「那就先查我的。」

他又凝視我片刻，接著繼續翻頁查看。接下來我們比對了聖徒的印記、先知的印記、天使恩典的印記、天使祝福的印記……這些印記全都與羽翼有關，看起來都很類似我胸口的印記，但是細節處都有不同。我們研究了好一陣子，結果沒有多少收穫。最後愛德蒙主教將大書向前一推，身體癱在椅背上，伸出右手搓揉額頭兩旁，語氣無力地道：「宗教的歷史一久，流傳下來的資料就會殘缺。想靠這樣一本大雜燴的書查出某個特定印記……我眞不知道我在想什麼。」

我走到桌子對面，將大書翻轉過來，打算坐下來自行翻閱。主教用力搓揉雙眼，似乎因爲專心閱讀而十分疲憊。他在我坐下前說道：「可以麻煩你幫我倒杯水嗎？威廉斯先生。」

我禮貌性地微笑，走到位於書櫃旁的小桌上拿起水杯和水瓶，幫主教倒了一杯水。當我回過頭來時，我發現主教正在看我。我走回去，將水放在他面前，說了聲請用，然後回到對面的座位坐下，開始查閱書目，想看看有沒有與惡魔相關的印記。

愛德蒙主教喝了口水，放下水杯，安靜了好一會兒，看著我翻閱大書。一時間，會客室中除了書頁翻動的聲音之外，完全沒有任何聲息。寂靜會令人心生不安。我翻了翻書，沒有什麼發現，卻覺得空氣彷彿越來越凝重，額頭慢慢就要滲出汗水。我揚起雙眼，看向對面的主教一眼，他正側頭打量著我，看到我在看他，隨即揚嘴一笑。

「威廉斯先生，恕我冒昧請問，」他開口說道。「你相信耶穌是上帝之子嗎？」

我不懂他爲什麼突然這麼問，這聽起來與相不相信上帝好像差不多。如果他只是個正常的天主教主教，這或許是他平常與人閒聊會提起的話題，但如今我不能確定他的身分，所以不知道該怎麼回答。我皺眉看著他，片刻後說道：「我相信耶穌是一名偉大的先知。」

「你不信他是上帝之子？」

「我不知道。」我說。「就宗教的角度來看，他當然可以是上帝之子。不過我個人不是教友，所以……」

他面帶鼓勵的神色。「請直說，不必擔心我的反應，我只是想知道你的想法而已。」

「我認爲耶穌是名偉大的先知。」我重複道。「他出生在猶太教這種排他性極強的文化中，過往先知個個都將耶和華視爲猶太人唯一的上帝。他們仇視其他民族，以自我爲尊，所關心的都是自己的族人是否迷失在世俗的安逸中，有沒有遺忘古老的教條。在這樣的背景下，他能夠第一個提出『神愛世人』這種無私的觀念，讓耶和華變成全世界的上帝，關懷全世界的苦難，這需要非常廣大的胸襟才能做到。沒有他的出現，猶太教只是一個死守在耶路撒冷的少數民族宗教，不可能發展成基督教和天主教這種影響後世深遠的世界性宗教。你要說他是上帝之子，我認爲以他所達到的成就而言，當然有資格獲得這樣的身分。但是說實在話，我還是傾向於相信這個身分是後世教廷爲了讓耶穌取得神性而編造出來的說法。」

「我懂了。」主教點點頭。「所以你相信這一千多年來，教廷曾經爲了許多不同的理由而篡改歷史？」

我沉默片刻，開口說道：「歷史都是勝利者寫的，我不認爲這是一個須要相信的說法，我認爲這是一個眾所皆知的事實。我沒有批判的意思，但是當一個宗教連贖罪券這種東西都賣得出來的時候，你要世人如何相信他們不會美化文宣？」

「啊，那確實不是我們引以爲傲的年代。」主教的語氣和臉色都沒有展露被我冒犯的跡象。「但是危機同時也是轉機，黎明到來之前總是特別黑暗，沒有那樣的背景，也引發不了後來的宗教革命。」

「你說得是。」我點頭。「我認爲天主教是好的。它對整個世界，甚至於人類歷史都帶來很大的助益。我認同它的價値，以及它對世界的影響。我甚至相信上帝與魔鬼眞實存在，天使與惡魔都在介入人間，而這兩股勢力牽動出整個世界善惡的對立。」我停了一停，微微搖頭。「但是光就耶穌是否為上帝之子這個問題而論，我只能說他是一名偉大的先知。」

愛德蒙主教笑著看我，沒有發表任何評論。片刻過後，他見我沒有繼續說話的意思，終於開口說道：「照理說，現在該是你反問我這個問題的時候了。」

我揚起一邊眉毛，問道：「你相信耶穌是上帝之子嗎？」

「我不但相信，並且確實知道耶穌是上帝之子。」愛德蒙主教毫不遲疑地說。

我愣了愣，不太確定這句話中是否透露什麼潛在的意義。

愛德蒙主教微笑，繼續說道：「信仰的關鍵，在於世人相信什麼。不管歷史上的耶穌是否只是一個木匠之子，是否真的行過神蹟，是否曾經死而復生，只要當今世人相信他是上帝之子，他就是上帝之子。」

我「喔」了一聲，說道：「我以為我們不是在討論神學上的意義。」

「的確不是。」愛德蒙主教搖頭。「我是在陳述事實。信仰乃是人們所相信的事物。舉凡人們不相信的事物，被歷史所遺忘的事物，不管曾經多麼輝煌，如今都已經不再重要。」

「不再重要並不表示他們不曾存在過。」我說。

「你可知道……」主教側頭問道。「最早居住在哈德森河谷的摩西根人信仰的是什麼神？」

我搖頭。「印地安人一般都是信仰自然的神靈，風靈或是火靈之類的。」

「那個神靈叫什麼名字？」

「我不知道。」

主教兩手一攤。「摩西根人是我們國家的原住民族，但他們的神明已遭到歷史遺忘，如果沒有拍成電影，我想你連摩西根人是誰都未必知道。」

我張嘴想辯，不過又覺得他說的也不無道理。我說：「所以只要世人相信耶穌是上帝之子，不管當年他是不是，如今他都是？」

「不要低估信仰的力量，威廉斯先生。」主教比了比自己的腦袋，接著靠回椅背，吸了口氣，繼續說道：「我有個故事想與你分享。」

我嘆口氣，無奈地說：「主教閣下，如果你是想要傳道……」

主教笑著搖頭。

我雙手在書頁上拍了一拍，心想暫時是沒辦法查什麼印記了。「那就請說。」

「羅馬統治的年代，聖城耶路撒冷是猶太人的信仰中心、朝聖場所。當時猶太人散居帝國各地，沉溺在安逸富足的城市生活中，沒有多少人願意居住在貧瘠窮困的耶路撒冷。他們只希望能在有空的時候前往聖殿獻祭，表達自己對於上帝的誠心，然後迫不及待地回歸文明世界。這些朝聖者不會千里迢迢地趕著自己的羊群前往聖殿，他們會在聖城中購買祭品。久而久之，聖殿外的街道上充滿了叫賣祭祀物品的小販，後來甚至直接在聖殿內院之中擺攤。基本上，聖城裡的居民幾乎都是依賴聖殿維生，有的是祭司之類的神職人員，有的是做朝聖者生意的商人……」

我點頭。「我了解當時的時代背景。」

主教繼續說道：「當年有一個名叫約拿的小販，在聖殿內院中販售羔羊，收入僅夠養家活口。有一天，聖城來了一名先知。先知來到聖殿，看見內庭中吵雜不堪，充滿小販叫賣以及討價還價的聲音，當場勃然大怒，拿起一根鞭子將眾小販通通趕出聖殿。約拿聽說過這個名叫耶穌的先知，知道城外有些地區的人民已經將他視為彌賽亞。但是對於約拿來說，先知耶穌只是一個擋他財路的瘋子而已。他挺身而出，代表眾小販發言。他說：『先知呀，我們都是誠實的市井小民，每天早出晚歸，不偷不搶，賺的都是僅供餬口的血汗錢。你爲什麼要拿鞭子抽打我們？難道我們不是謹守聖城的虔誠子民嗎？難道我們不是上帝的忠實信徒嗎？難道我們比這些一年前來朝聖一次的世俗之人還要不如嗎？』」

「耶穌說道：『你每天在神聖之地做世俗之事，如何敢說自己虔誠？我便問你，上一次親自踏入聖殿，雙手奉上祭品，跪在聖壇前誠心禱告，是什麼時候？』」

「約拿答不出來，狡辯道：『我的羊是用來賣的，拿去祭祀上帝要如何養家活口？』」

「耶穌道：『上帝是寬容的、慈愛的。上帝不會跟你計較祭品多寡，只希望你虔誠信仰。』」

「約拿大驚，問道：『先知的意思是說，凡人不必祭品，一樣可以誠心奉神？』」

「耶穌點頭稱是。」

「約拿振臂疾呼，率眾鼓譟：『我們耶路撒冷居民就指望著聖殿朝聖信徒的生意，先知要把我們趕出聖殿，我們在外面街上叫賣也就是了。但是你竟然鼓吹朝聖徒不必購買祭品一樣能夠拜神？這不是要斷送我們的生計嗎？』說完帶領眾販，取出棍棒，當場要將先知耶穌打成肉醬。」

「耶穌怒不可抑，大聲說道：『夠了！』」

「這聲『夠了』晴天霹靂，如雷貫耳，內庭小販全數摔倒在地，只剩下約拿和耶穌兩人依然挺立。就在那一刻，約拿認出這個聲音，也了解了先知耶穌的身分。那個聲音是上帝創造萬物時所發的聲音，能夠擁有這個聲音之人，必然就是上帝的子嗣。認清這一點後，約拿膽戰心驚，轉身就要逃跑。」

「但是那一刻，耶穌同樣也認出了約拿的身分。他甩出手中長鞭，捲起約拿頭部，將他拉到身邊，說道：『我想人心腐化，何以至斯？原來是有邪異潛伏，興風作浪。惡魔，今天趁著眾人齊聚，在此公布你的身分！說，你是誰？』」

「惡魔無法抗拒上帝之子的權威，立刻回答：『我乃梅菲斯特，是人心的罪孽，是驕傲的源頭，奉辰星之命，進入人間腐化聖城。』」

我內心一驚，眼神一凜，張口欲言，但是主教搖了搖手，指示我繼續聽下去。

「在場眾人大驚失色，嚇得闔不攏嘴。耶穌扣緊鞭圈，強扯惡魔進入聖殿，將他放上祭壇，左手平置惡魔胸口，右手高舉尖刀，說道：『惡魔！你腐化人心，敗壞聖城，罪不可赦，今日我以上帝之名，將你一刀誅殺，獻祭於神。你有什麼話說？』」

「梅菲斯特看看尖刀，看看耶穌，搖頭說道：『說什麼神愛世人，不過如此。難道惡魔不是上帝所創？難道我們不曾擁有天使之名、不曾隨侍上帝左右、不曾協助開創天地、不曾執行上帝旨意？先知說神愛世人，不獨厚猶太人。難道如今你要說，神的慈愛不必行於墮落天使，只用以獨厚人類？難道先知如此盲目，看不出自己言行中的矛盾嗎？』」

「耶穌側頭沉思，緩緩放下尖刀。片刻過後，輕嘆一聲，說道：『上帝仁慈寬厚，一視同仁，你去吧。』說完手泛聖光，口唸聖禱，將梅菲斯特逐出約拿體內。」

主教說到這裡，暫停片刻，凝視我的目光，繼續道：「這就是世界上第一次驅魔儀式。也是先知耶穌奠定的除魔立場，後由十二門徒繼承傳世。自此而後，世界上沒有任何力量能夠殺害惡魔，只能以驅魔的方式將惡魔逐出人間。當然，天使也是一樣，只能驅逐，不能殺卻。千百年來，世界就在天使與惡魔如此間接影響下刻劃出善惡對立的局面。」

我趁機變換姿勢，有意無意地將左手放到背袋上。我問：「我沒有讀過關於這段事蹟的記載。」

「那是因爲此事還有後續。」主教說道。「沒過多久，先知耶穌就遭受猶太人蓄意迫害，慘死在十字架上。預言中耶穌將在三天後復活，但是到了第二天，梅菲斯特已經回到人間，再度附身在約拿身上。一夜之間，他將之前目睹耶穌驅魔的所有人全數殺卻，就連他們的家人也沒放過。於是當日的情況完全沒有流傳下來。至少，沒有在人間流傳下來。」

我揚眉詢問：「那有在哪裡流傳下來？」

「《辰星聖經》。」主教道。「《梅菲斯特福音書》。」

我目光冷酷地凝望著他，心裡卻一點也不冷靜。對方已經明白地昭示他的身分，只差沒有宣之於口而已。我慢慢轉頭，看向左側的燭台桌，屍體沒有露出來，但是桌布卻斜了一點。我轉頭向右，打量腳下的地毯，鋪歪了半吋，粉筆灰隱約可見。我將目光移回主教臉上，只見他依然帶著親切的笑容看我。我們彼此相望，不發一言，如此過了十幾秒，我卻覺得彷彿過了好久。

「你……」我終於開口。「爲什麼要跟我講述這個故事？」

「我想讓你了解任何事情都不會只有一面眞相，千萬不要一廂情願地相信你想相信的部分。」主教說。「耶穌以爲他不殺梅菲斯特就能讓惡魔心存感念。他錯了，而許多人爲了他的錯誤付出代價。我所指的不光只是那天晚上死亡的人們，還包括了接下來兩千年內所有死在梅菲斯特手上的生靈，甚至是梅菲斯特之外的所有惡魔。因爲耶穌的關係，惡魔只能驅逐，不能消滅。」

我搖頭。「我認爲當時耶穌並不以爲梅菲斯特會心存感念，他只是爲了更遠大的理念而不得不有所取捨。藉由饒恕惡魔，他讓世人知道神的寬恕以及仁慈。這是基督教賴以立教的基本理念，絕不容許惡魔動搖。」

「我倒沒有這麼想過。」主教揚眉。「照你這麼說，梅菲斯特當初應該任由基督將自己一刀殺了？」

我側頭。「至少這樣可以省卻我不少力氣。」

主教微笑，對我放在桌下的左手比了一比。「你手上拿了什麼？」

我抬起左手，將剛剛自揹袋中取出的銀匕首放在桌上。

「銀匕首？認眞的嗎？」主教搖頭。「你不會以爲光靠一把銀匕首可以驅逐惡魔吧？」

「那就試試看。」我說著將匕首翻面，這一面刀刃上刻有十字架以及其他宗教的驅魔圖樣。主教看了只是笑笑，不置可否。

「就拿愛德蒙主教來說好了。」對方繼續說道。「在被梅菲斯特附身前，他已經患有末期血癌，而且還沒被診斷出來。如果不是惡魔附身，他的性命就只剩下三個月。但是如今的他，身強體壯，只要不出意外，再活個十幾二十年都不成問題。就算梅菲斯特遭受驅逐，他的血癌卻因此痊癒。對愛德蒙主教來說，被惡魔附身其實算是一件好事。」

「強詞奪理。」

我的目光開始在他臉上、頸部、手臂等所有裸露在外的部分游移。主教看出我的意圖，哈哈一笑，伸手拉過我面前的大書，翻到其中一頁，指著其上的圖案說道：「你要找的就是這個。」說完又把書推回我的面前。

我低頭看書。該頁面上畫的是一雙外型邪異的蝠翼，顯然象徵惡魔的翅膀。

我抬頭看他，問道：「會出現在哪裡？」

「不一定，哪裡隱密就在哪裡。惡魔是很狡獪的。」主教呵呵一笑，彷彿說了什麼可笑的笑話一樣。接著他問道：「你問這個幹嘛？難道你還看不出來自己死定了嗎？」

「就當我是世界上最樂觀的人。如果我今天沒死的話，這個資訊就會很有用了。」我揚起眉毛，側頭詢問：「我才把魔拉克送回地獄，你怎麼能夠肯定我沒辦法把你送回地獄？」

「最好不要把我和魔拉克相提並論，千百年來這麼做的人全都吃了大虧。」對方說完，笑著開始解釋：「你能對付魔拉克，完全是依賴胸口的印記。雖然我無法肯定那是什麼，但印記畢竟只是印記。」他提腳跺跺地面，繼續道：「我親眼見你進出這個囚禁結界。這代表了兩個結論，第一，你本人不是天使；第二，此刻你的體內沒有天使附身。」他兩手一攤。「沒問題。我贏定了，而你死定了。眞是抱歉，並非私人恩怨，你了解吧？」

對於這種恐嚇言語，我一貫的處理態度就是不加理會。「爲什麼？」我問。「爲什麼要對付我？」

「魔拉克要對付你，是因爲我們聽說你是找尋莎翁之筆的關鍵人物。」梅菲斯特說。「至於我要對付你，則是爲了另一個不相干的理由。」

「爲什麼你們突然想找莎翁之筆？」我問。「這支筆已經存在好幾百年了，不是嗎？」

「當然是因爲它的重要性突然提高了。」

梅菲斯特說完站起身來。我故作鎭定，隨之站起，順手還拿起了桌上的銀匕首。

「要動手了？」我問。

梅菲斯特聳肩回應。

「你不逼問我莎翁之筆的下落？」

梅菲斯特搖頭。「那不是我此行的目的。」說完右掌往桌面上一放，沉重的辦公木桌當即一分爲二，連帶桌面上的大書也撕成兩半。

我低頭看著地上的木桌殘骸，接著抬頭面對梅菲斯特，嘴裡輕哼一聲，提起匕首迎上前去。

他緩緩揮掌抓來，我匕首上揚，在他掌心劃了一刀。他皮開肉綻，卻沒有流血。我左手架開他的手掌，刀鋒對準他的胸口插下。梅菲斯特冷冷一笑，刀尖在距離胸口不到半吋處凝止不前，不論我如何使勁都沒辦法推進半分。梅菲斯特掌心翻轉，推開我的左手，直襲我胸前，一把撕碎我的上衣。

「我就讓你看看我和魔拉克有什麼不同。」

他掌心輕推，觸碰我的胸口。我感到一陣氣塞，羽翼再度浮現，胸口綻放金光。梅菲斯特神情一凜，但是沒有露出絲毫懼色，身體也沒有起火燃燒。會客室中狂風四起，書櫃坍塌，書頁四下翻飛，燭桌上蠟燭傾倒，桌布當場著火，一發不可收拾。我全身動彈不得，只能眼睜睜地看著惡魔動作，看來這一次眞如他所說，不能單靠一枚印記救命。

狂風烈焰中，我透過惡魔的肩膀，看見會客室的門緩緩開啓，一名身穿白色風衣的男子步入。那一刻，我感覺時光彷彿慢了下來，原本混亂的場面中添加了一道秩序。我看見白衣男子一步步接近惡魔，神態自若，不慌不忙，彷彿面對惡魔只是件稀鬆平常的事。當他來到惡魔身後時，我看見梅菲斯特嘴角上揚。

我想出聲警告，卻力不從心。我只感到一股大力自胸口襲來，整個人當場直飛而出，狠狠朝來人撞去。白衣男子右手一推，輕輕將我接住，拋在腳邊。梅菲斯特轉身握住他的手腕，將他摔入我剛剛所站的位置。一道白光沖天而起，地毯當場燒出一個圓洞，露出其下光芒綻放的五星結界。

風平浪靜，火勢滅絕，適才的混亂如同過往雲煙，轉眼間會客室恢復先前的寧靜。我緊握胸口，萎靡不振，側身癱倒在地，靜靜地看著眼前的一切。梅菲斯特神情驕傲，對我不屑一顧，目光緊盯結界中的白衣男子，嘴角露出一副滿足的微笑。

他難掩聲音中的喜悅之情，邊笑邊道：「加百列，我有好多帳想要跟你算呀……」

ch.4 加百列

打從我投身筆世界扮演英雄開始，大大小小的風浪都經歷過。我阻止過世界末日，擊敗過邪惡博士，打贏過毫無勝算的戰役，面對過力量無匹的魔頭。一次又一次，我在逆境中闖蕩，在死亡裡求生，不管情況如何危急，我都有相對應的解決之道。因爲在筆世界裡，我總是可以利用故事本身的設定取得優勢。對頭會妖法，我就懂仙道；對頭搞情報，我就要科技；就算對方是難以匹敵的自然勢力，我也有辦法弄出台打洞機鑽入地心去撥亂反正。但是此刻我不在筆世界裡，此刻我在眞實世界。

眞實世界裡，面對惡魔這種超自然力量，我唯一的武器只剩下勇氣，而空有勇氣，沒有實力，顯然並不足以對付惡魔。我全身痠軟側躺在地，愣愣地看著站在眼前的天使與惡魔，什麼也不能做。我這輩子從未感到如此無力。

直到我剛剛被梅菲斯特口中所稱的加百列的雙手，接觸到的胸口和腹部開始隱隱浮現一股暖意爲止……

「梅菲斯特。」受困於五星結界中的加百列神情冷漠地說道。「你搞這麼多事，就是爲了要誘捕我？」

「沒錯。」梅菲斯特好整以暇地走到書櫃旁的小桌前，倒了一杯清水。「費了我好大的勁。」說著走回五星結界前。

「你怎麼知道我在這裡？」加百列道。「我已經許久不曾降臨人間，這副軀體也是第一次附身，你怎麼知道是我？」

「時代不同了，老古板。」梅菲斯特說。「你就是太久沒下來了。以前進入人間想辦什麼事，光是吸收信徒就要吸收半天，派出去辦事效率也差。現在不一樣了，網路這種東西，你上次來的時候還沒見過吧？現在想查什麼資料，上網查就好了，根本不用派人混入梵蒂岡。」他說著自主教袍中取出一張列印文件：「法蘭西斯·巴貝爾神父的資料都在這裡。他從出生開始就遭到我的信徒監控，只要觀察他的行爲舉止和心理報告，再與梵蒂岡的紀錄交叉比對，要判斷他是你的宿主並不困難。前陣子他的身上開始出現聖痕，我就知道你要來了。如今他既然趕來紐約，自然是衝著我來。我如果不先下手爲強，豈不辜負信徒這麼辛苦地收集資料？」

「有人說網路是魔鬼的發明。」加百列說。

「不，網路是人類的發明。」梅菲斯特說。「我們只是循循善誘而已。」

「不管你多麼跟得上時代的腳步，這一切畢竟只是達到目的的手段。」加百列冷冷說道。「最後的結果依然是你和我面對面大打一場，力強者勝。」

「或是智高者勝。」梅菲斯特搖頭，伸指在杯裡沾了滴水，隨手灑到加百列身上。「你已落入我的手掌心裡，還有什麼好說的？」

加百列低頭看被水灑到的胸口，只見那裡冒出一絲白煙。「穢水？」他揚起眉毛，臉部肌肉微微抽動。「當眞？很少見到惡魔用這麼溫和的手段。」

「我只是要讓你痛苦，與巴貝爾神父不相干。」梅菲斯特說完，將整杯水灑到加百列臉上。「只要看到你痛苦，我就很高興了。」

加百列倒抽一口涼氣，咬牙切齒，不發一言，只見他整張臉冒出一片白霧，滋滋作響，但又看不出任何肉體上的灼傷。他默默忍受片刻，似乎耐不住痛楚，嘴裡咯咯作響，發出痛苦的氣音。梅菲斯特冷笑一聲，走回小桌，又在杯裡倒了一杯水。

這時剛剛的穢水已完全蒸乾，加百列站在原地，劇烈喘息。梅菲斯特來到他面前，微笑說道：「我只有一個問題要問你。」

加百列想也不想便回答：「不知道。」

梅菲斯特哈哈大笑。「我就希望你會這麼說。」說完又是一杯穢水當頭淋下。這一下滋滋大響，加百列頭上彷彿籠罩在晨霧中般。梅菲斯特走回小桌，放下水杯，提起玻璃水瓶，等待煙霧消散後，問道：「米迦勒在哪裡？」

加百列咬牙切齒，嘴唇顫抖，語調冰冷。「不知道。」

「喔，加百列，」梅菲斯特嘴角上揚。「聽你這麼說我實在太開心了。」他提起水瓶又要澆水，不過卻發現加百列的神情中多了一份自信。他微微一愣，問道：「幹什麼？」

加百列搖頭說道：「就像我剛剛說的，最後的結果始終是我們兩個面對面大打一場，力強者勝。」

梅菲斯特神色一凜，隨即轉身，只見我站在他的面前，距離不過半公尺。在他有機會反應前，我已對準他胸口開了兩槍。他後退一步，低頭看著胸口兩個冒煙的彈孔，神情難以置信。「你……你治療了他……」

加百列說：「這是最基本的神蹟。」

我手指一扣，對準他的右肩補上一槍。他眉頭緊蹙，顯然打算跟剛剛憑空擋下我的刀尖一樣擋下子彈，不過不知是子彈力道較猛還是因爲他肉體受創的緣故，子彈毫不停留地貫穿他的肩膀，震得他再度向後退出一步。這一退，他臉色大變，因爲他一腳已踏入了囚禁結界中。他腳跟落地，立刻蹬起，但是加百列早有準備，一腳將其腳板踏入地面，同時伸手抓住他的後頸，狠狠向後一扯，當場將梅菲斯特整個扯入結界。他肉身重創，動作遲緩，無法抵禦加百列的攻勢，轉眼間已經平躺在地，四肢受制，喉嚨上還被一掌緊扣，完全無法動彈。

加百列頭冒白光，身泛聖氣，神色嚴肅地問道：「現在換我問你了。」

梅菲斯特咳出一口鮮血，冷笑不語，瞪視了他片刻，又轉頭將目光移到我臉上，搖搖頭道：「我看走眼……」

「魔拉克也是這麼說。」我說著將槍口朝加百列比了比，要他去跟加百列說。

加百列坐在他的胸口，雙腳箝制他的雙手，掌心依然緊扣咽喉，側身問道：「米迦勒在哪裡？」

梅菲斯特冷笑不語。

「莎士比亞在哪裡？」

梅菲斯特冷笑不語。

「基督大敵的身分？」

梅菲斯特冷笑不語。

加百列掌心綻放白光，梅菲斯特喉嚨滋滋作響，神情痛楚異常，整副身軀劇烈顫抖。加百列不為所動，令其受苦十餘秒鐘，這才隱去聖光，冷冷說道：「回答我。」

梅菲斯特咧嘴而笑。「千百年來你我數度交鋒，互有勝負，可曾聽我回你任何問題？」

加百列搖頭：「我也沒回答過你，你剛剛還不是問了？」

梅菲斯特微笑點頭，沉思片刻，接著又轉頭看我一眼，對加百列道：「我可以回答你的問題，但是在你驅逐我之前，讓我跟他說幾句話。」

加百列顯然沒想到對方會如此要求，遲疑片刻後，對我揚眉詢問。我聳聳肩，說道：「你可以說，但我不一定會聽。」

「很公平。」梅菲斯特見加百列還在遲疑，又道：「我說什麼，你都可以在這裡聽。」

加百列點了點頭，問道：「米迦勒在哪裡？」

「不知道。我們也在找他。」梅菲斯特說。「他已經失蹤三百多年了。你們都找不到他，我們怎麼會知道。」

加百列皺眉：「你們沒有囚禁他？」

梅菲斯特搖頭：「我們沒有能力囚禁他。」

加百列緩緩點頭，繼續問道：「威廉．莎士比亞在哪裡？」

「不知道。」梅菲斯特說。「我們找的是他的筆，不是他本人。怎麼，他還沒死嗎？」

「不必裝蒜。」加百列說。「你我都很清楚他不是那麼容易死去的人，給點線索。」

梅菲斯特深吸一口氣，咳出口血，說道：「我們知道他從舊大陸移民過來的時候，化名叫作威廉．強森。在那之後，他隱世獨立，沒有作爲，重要性大不如前，所以我們就沒有刻意監視了。」他說到這裡，揚起眉毛：「照理說他應該是你們的人，你們沒有好好看著他，竟然還來問我？」

加百列沒有多說什麼，只是抬頭對我望來。我點點頭，輕觸耳朵，說道：「愛蓮娜，威廉．強森。」

愛蓮娜回答：「我在查了，但是殖民地年代資料雜亂，威廉．強森又是一個十分普通的名字，要查出結果可能需要點時間。」

「我開始覺得你答應得這麼爽快是因爲你什麼都不知道。」加百列臉色陰沉地道。「基督大敵？」

「聽清楚。」梅菲斯特斜嘴笑道。「基督大敵名叫馬爾斯．阿布，巴格達人。前哈瑪斯恐怖組織的第二號人物，此刻人在紐約。」

我們愣了愣，沒想到他會提供如此清楚的答案。我低聲道：「愛蓮娜，聽到了？」

「聽到，立刻查。」

加百列壓低身體，湊到梅菲斯特臉前打量，似乎想從他的表情中看出什麼端倪。片刻後，他問道：「你爲什麼這麼合作？」

梅菲斯特嘿嘿一笑：「有什麼好不合作的？基督大敵的身分再過不久就會世人皆知，隱瞞根本沒有意義。」

加百列緩緩搖頭：「你有事沒告訴我。」

「我有很多事情沒告訴你。」梅菲斯特冷冷地說道。「但是你的問題我都回答了。」說完將目光轉移到我臉上。

加百列慢慢起身，沒再多說什麼。

我直視梅菲斯特的目光，等他說話。

「威廉斯先生……」梅菲斯特過了好段時間才開口。「你相信耶穌是上帝之子嗎？」

我皺眉。「我們剛剛不是談過這個問題？」

「剛剛你不相信。」梅菲斯特自己回答。「但是現在呢？」

我看著眼前的天使與惡魔，思考這個信仰上的簡單問題。一時間，我竟然無法回答。

「威廉斯先生……」梅菲斯特說著再度咳血。「你在一天之內驅逐兩名惡魔，而且還是魔拉克和梅菲斯特這種大惡魔，歷史上沒有任何驅魔者曾有這種成就。你是個與眾不同的人，註定會在接下來的事件裡扮演重要角色。聽我一句，如果你想要成功……或者拯救世界，不管你怎麼解讀這件事，總之你都必須堅定你的信仰，清楚你自己的立場。你相不相信耶穌是上帝之子？你相不相信上帝？這些都是很簡單的問題，你不應該有所遲疑。」

「你爲什麼要在乎我想不想成功……或是拯救世界？不管怎樣，我的立場都與你對立。」我說。

「那也未必。我說過了，事情不會只有一面，你不該一廂情願地只相信你想相信的。」

他停了一下，接著說道：「相信耶穌、相信他的大愛、相信世人、然後相信你自己。」

我想了想，緩緩搖頭。「我不懂你爲什麼要跟我說這些。」

「因爲耶穌是我的彌賽亞。」梅菲斯特回答。「我因爲對他父親不滿而墮落，但是後來我卻在他身上看見了天父的不足。如果當初我的造物主是耶穌，我想我根本就沒有墮落的理由。我相信有一天，耶穌會再度降世，以其大愛拯救一切、寬恕一切，而且不是〈启示錄〉裡那種摧毀一切再重新開始的拯救。或許那天永遠不會到來，但是我相信。」他說著微微一笑。「我會永遠相信下去。」

我無言以對。

「我說完了。」他回過頭面對加百列。「動手吧。」

加百列手泛聖光，將梅菲斯特逐出人間。當惡魔的黑影沉入地底後，天使腳踏愛德蒙主教的屍體，穿越囚禁結界，來到我的面前。

「我想你有很多問題想問。」加百列說道。

「多到不知從何問起。」我答。

「挑個問題問。」

我想了想，問道：「怎麼稱呼？」

「法蘭西斯．巴貝爾神父。」

「最近是你在跟蹤我嗎？」

「不是，我昨天傍晚才抵達紐約。」

「守門人叫你來找我？」

加百列點頭。「那是我來的目的之一。」

「爲什麼要逼供守門人？你找米迦勒，爲什麼要找到他那裡去？」

「大天使米迦勒失蹤至今將近四百年。根據我們所知，他失蹤前所做的最後一件事就是調查莎翁之筆這異教法器。」

我皺眉。「線索這麼明顯，爲什麼會在將近四百年後才想到要去筆世界找守門人？」

「四百年對我們而言並不算長。」加百列道。「這四百年間，我們沒有事情要找米迦勒，所以根本沒有天使發現他失蹤了。」

「那你們現在找他是爲了什麼事情？」

「爲了莎翁之筆。」加百列說。「你對這支筆了解多少？」

「還不少。」

「一開始我們沒有特別注意這支筆。雖然並不清楚它的來源，但它所能做的只是把文字化爲虛幻的空間，讓閱讀的人能夠進入其中滿足幻想。在我們看來，這只是一個無傷大雅的小魔法，可以用以刺激創意，推廣閱讀。當時我們都沒有想到這個東西能造成多大危機。」

「現在呢？」

「約半年前，一個來自筆世界的虛構人物進入了眞實世界。」

「我知道。」我點頭。「瑪莉．康芒。」

「據我所知，你和她走得很近。」

「我們關係親密。」

「你難道沒想過一個虛構人物附身眞人肉體代表的意義嗎？」

「眞實與虛幻的界限逐漸消失，我擔心筆世界會有越來越多人物進入眞實世界。這個情況如果繼續下去，世界的存在很可能受到威脅。我知道關鍵人物是一個人稱女神的實體，但是對於她的身分我毫無頭緒。這半年來我一直在靜觀其變，不過始終沒有察覺任何異狀，彷彿筆世界的變化在瑪莉離開筆世界後就此停止般。直到今天我遇上惡魔爲止……」

「你沒看出事情的嚴重性。」加百列深吸一口氣，繼續說道：「虛構人物進入眞實世界只代表一件事，就是這支筆具有創造世界的力量。打從天地初開至今，宇宙間只存在著一個實體擁有創造的力量：上帝。這支筆擁有媲美上帝的力量，代表它的創造者，也就是你口中的女神……」

我聽得心裡發毛，見他沉吟不語，問道：「代表女神怎麼樣？」

加百列搖頭：「總之我們必須盡快查出女神的身分，弄清楚她的意圖。」

「剷除她？」我問。

「如果有必要的話。」加百列毫不遲疑地回答。

我沉默片刻，看著地上的主教屍體，說道：「所以這就是天堂和地獄突然間都對莎翁之筆感興趣的原因？」

加百列點頭。

「你們對於莎翁之筆的起源難道一點概念都沒有嗎？」我問。

「我們只知道當年威廉．莎士比亞在深山中遇見女神，從而取得莎翁之筆。至於女神的身分，我們一無所知。」

「那莎士比亞又是怎麼回事？」我問。「爲什麼你們如此篤定他尚在人世？」

加百列神色遲疑，似乎難以決定該不該透露此事。

「有什麼不好明說的嗎？」我問。

「既然要你幫忙找他，我想這事遲早得讓你知道。」加百列終於說道。「威廉．莎士比亞並不是他的本名。早在成爲一代文豪前，他就已經在世界遊蕩超過一千五百年了。」

我揚起眉毛，神色疑惑。

「約翰。他的名字叫約翰。」加百列說。在察覺我神色依舊茫然後，他補充道：「門徒約翰。」

「聖約翰？」我驚訝問道。「耶穌最寵愛的門徒？聖約翰大教堂的聖約翰？」

加百列點頭。「約翰一生宣揚基督教義不遺餘力，晚年卻突然遠走他鄉，行蹤成謎。我們明查暗訪，終於找出他的下落。當時他已經改名換姓，展開一段漫長的隱居生涯，從此遊蕩人間，不再與基督教有任何瓜葛。」

「爲什麼？」

「我們猜想是因爲他寫下〈啓示錄〉預言的關係。」加百列道。「他了解末日預言的必要性，但是沒有辦法承受預言景象的心理打擊。於是完成宣揚教義的使命之後，他毅然決然地離群索居，從此不問世事。」

「他喪失了信仰？」我問。

「基督教徒不能讓世人對他產生如此聯想，於是竭力壓下此事。」加百列說。「他是最堅貞的耶穌使徒之一，同時也是最長壽的，我很難想像像聖約翰這樣的人會喪失信仰。」

「說到長壽。」我說。「就算他是耶穌門徒，活到兩千多歲這算正常嗎？」

加百列搖頭。「或許他在尋求救贖、重拾信仰之前都不得終老，或許他在世間還有未完成的使命。他的長壽是上帝的旨意，我們無從置喙，也不知原因。」

「所以你們找他是爲了追查女神的下落？」

「是。」加百列點頭。「過去將近兩千年來，他一直刻意針對天界勢力隱藏行蹤，偶爾浮出水面，也會在被我們注意到後立刻消失。這就是爲什麼梅菲斯特對他的行蹤掌握得比我們清楚的原因。想要把他找出來，天使和羅馬教廷都辦不到，一定要依靠外力。」

我沉吟不語，感覺此事絕不單純。

「幫我們找出莎士比亞，」他見我遲疑，隨即說道。「我就幫你找回失去的過往。」

我猛然抬頭，神色詫異。「你怎麼知道……」

「守門人要我來找你，我自然下過工夫研究你。」加百列說。「儘管你已經以傑克・威廉斯的身分度過三十八年的人生，但是你對三十八年以前的自己一無所知。我看過當年警方紀錄的檔案照片，三十八年前的你與現在長得一模一樣。」

我默默地看著他，無言以對。

「只要你幫助我們，我們一定會幫你。」他見我還是不說話，又道：「你該相信我。這種有違自然定律的事情如果連我都查不出來，你認爲還有誰查得出來？」

我緩緩點頭。「就算你不提供報酬，我也不會坐視不管。你要跟我一起行動嗎？」

「不，天使一接近約翰就會被察覺，等你找到他再通知我。」我面露詢問的神色，加百列繼續說道：「我要去找馬爾斯・阿布。」

「基督大敵……」我說。「印象中，基督大敵似乎與啓示錄災難有關？」

加百列點頭。「基督大敵不是你一個凡人能夠應付得了的。如果遇上，千萬不要蠢到與他正面衝突。他和梅菲斯特不同，觸怒他，連我都救不了你。」

「但是……」我語氣遲疑地問道。「既然基督大敵已經降臨人間，那就表示……」

「是。」加百列神色無奈地點了點頭：「那就表示啓示錄災難已經迫在眉梢。」

ch.5 恐怖分子

基督大敵有名有姓，愛蓮娜不費吹灰之力就把他的落腳處查了出來，雖然我懷疑前任哈瑪斯恐怖組織第二號人物不可能會待在讓人查得到的地方。加百列抄下地址，離開會客室，以巴貝爾神父的身分與教堂人員打聲招呼，隨即將主教身亡的案發現場留給我這個「紐約警方特別顧問」來處理。我再度撥打湯馬士·簡森的電話，沒過多久他就率眾抵達聖約翰大教堂。

警方封鎖現場，開始處理兩具梅菲斯特遺留下來的附身屍體。我和簡森走到門外，彙報事發當時的情況。我本來打算隱瞞加百列的身分，只說是法蘭西斯·巴貝爾神父和我通力合作驅逐梅菲斯特。不過後來想想，這整件事再怎麼修飾還是一樣荒誕無稽，所以我乾脆照實回報。

簡森一邊聽我報告，一邊在行動助理上抄寫筆記。我講完之後，眼看他繼續抄寫，忍不住好奇：「你的報告眞的會照我說的寫嗎？」

「寫呀，爲什麼不寫？」簡森說。「每年在紐約拯救世界的英雄多如牛毛。我剛接下這個職務的時候還會想辦法修飾報告，剔除不合常理的部分，不過後來就不花這個心思了。反正上面對這種報告也習以爲常，只要我們部門能夠想出說法對大眾交代，報告寫得再誇張上面也不會理會。老實說，啓示錄災難其實是很沒新意的一種說詞，上面可能根本不會多看一眼。」

我斜眼看他：「你這樣講讓我覺得自己好不特別。」

「等到戰爭、饑荒、瘟疫、死亡四騎士降臨人間後，上面就會覺得你非常特別了。」簡森道。「但是我想你不會讓事情走到那個地步的，是不是？」

我聳肩攤手，苦笑不答。在與簡森確認幾個細節後，我拍拍屁股離開聖約翰大教堂。與紐約警方特別協調組合作的好處就在於你不需要跑進警局處理繁文縟節。不管是利用上頭施壓或單靠私交，只要能取得簡森的信任，並提出合理解釋，他都有辦法幫你把事情搞定，畢竟他這個單位專門負責這種事。

我到附近攤位買了一份起司熱狗，再到隔壁叫了一杯咖啡，回到車上塡飽肚子。放下咖啡杯後，我透過搖下的車窗，遙望聖約翰大教堂。

聖約翰此人我其實不熟悉，除了他是耶穌十二門徒之一，寫過聖經〈啓示錄〉之外，幾乎沒什麼其他印象。至於他就是威廉．莎士比亞，對我這個長年遊蕩筆世界的人而言，確實感到有點吃驚，但說到底不過就是一個還算可以的劇情轉折。無論如何，既然透過他可以查出女神的下落，我就一定要把他找出來。

「愛蓮娜，追查威廉．強森有進展了嗎？」我輕拍耳機問道。

「持續追查中，預計半小時後給你結果。」愛蓮娜答。

我忍不住好奇。「妳怎麼查？」

「土法煉鋼。」愛蓮娜說。「進入美國戶政資料庫查詢。針對有登記身分的第一代移民裡名叫威廉．強森的人追蹤下落。然後加入他們後代子孫的戶籍、工作、遷徙紀錄、婚配紀錄、更名紀錄、犯罪史、醫療史、特殊天賦以及成就等參數進行分析，一輪輪將沒有異狀的家族人物篩檢下來。」

我皺起眉頭。「聽起來是個大工程。」

「沒問題，我曾經針對這種搜尋模式寫過一個程式。在我那個年代，搜尋範圍都是以星球為單位，個體數量常常超過百億。」沒有情緒的愛蓮娜說什麼都像漫不經心地陳述事實。

「雖然美國早期的醫療紀錄不夠完備，但問題不大，我曾在更加缺乏搜尋參數的情況下找出要找的人。總之，如果不是受限硬體速度的話，我早已有初步結果了。」

「所謂的初步結果是妳可以確實告訴我要上哪裡去找他嗎？」

「當然不是。」愛蓮娜說。「依據目前篩檢情況判斷，初步結果應該可以將可能的人選降低到百名以下。資料蒐集只能做到這個地步，有些事還是得現場處理。不然要你們外勤探員幹嘛？」

我吸了一大口氣。「一百個呀？」

「放心，我們看著辦。」愛蓮娜說完，耳機中傳來「嘟」地一聲。數秒後，愛蓮娜再度開口：「瑪莉打電話來，我幫你轉接。」

「傑克，你辦公室爲什麼會有女人接電話？」瑪莉劈頭就問。

「是愛蓮娜。」爲了避免誤會，我立刻回答。有鑒於瑪莉的神祕特殊能力，加上她正在擔任我前任女友的看護，所以我一點也不希望讓她產生任何誤會。

「愛蓮娜？哪個愛蓮娜？」瑪莉的語氣依然不善。

「就那個機器人呀，和我們一起穿越大黑洞，阻止第二次大爆炸的愛蓮娜呀。」我眞懷疑這種對話被路人聽到的話會招來怎樣的異樣眼光。

「愛蓮娜？她……她怎麼會來？她怎麼來的？」

「說來話長。」我說。「總之妳要是去我辦公室，看到那一大堆電腦器材就是她了。」

我簡單地向她解釋愛蓮娜的來龍去脈，解釋完後問道：「找我有什麼事嗎？」

「蘇珊．葛林醒了。」瑪莉說。

「她還好嗎？」我盡量壓抑語氣，不想讓瑪莉認爲我過度關心。

「沒有大礙，不過醫生還是要她住院觀察一天。」

「妳向她問過莎翁之筆的事情了嗎？」我問。

「問過了。我說我是你女朋友，她沒說什麼。」

我不敢多說什麼，於是默默等她繼續。

過了一會兒，瑪莉才開口說道：「她說一個月前有人透過電子郵件跟她聯絡，詢問購買莎翁之筆事宜。對方說是透過上一任賣家取得她的聯絡方式。當時她告知對方自己暫時還不打算轉讓莎翁之筆，對方反覆來信詢問三次，都被她婉拒。到了上個禮拜，她家就遭人闖空門，沒有財物損失，只丟了莎翁之筆。」

「知道對方的電子郵件嗎？」

「那是匿名信箱。」瑪莉說。「她說都是用筆電收信，你如果有需要可以自己去她家拿。你爲什麼還可以自由進出她家？」

「因爲她……」我感覺頭皮有點發麻。「她把鑰匙放在門口盆栽後面……」

「現在還有這種人？」瑪莉的語氣彷彿不相信。

「就是呀。謝謝妳，親愛的。我還有事，再見。」我說完趕緊掛下電話。

「看來你們兩人的感情發展得不錯。」愛蓮娜評論道。

「說來話長。」我說著看看手錶。「還有時間，我先去蘇珊家拿電腦。」

「你只要把它開機連上網路，我就可以遠端查詢。」

「妳沒有辦法遠端開機嗎？」

「試過了，不行。」愛蓮娜說。「她的電腦此刻沒插網路線。」

我發動引擎，打開車頭燈，想了想，又道：「蘇珊再上一任的莎翁之筆持有者是個名叫黃星空的台灣人，既然對方說是透過上任賣家取得她的聯絡方式……」

「他死了。」我才說到一半，愛蓮娜插嘴道。「一個月前在台北意外身亡。根據當地新聞報導，黃星空是酒後駕車，失控墜橋，死因沒有疑點。」

「我不喜歡這種巧合。」我說。「有時間的話，查查當地警方的報告。」說完打檔催油，朝蘇珊．葛林家前進。

晚上將近十點，街上車流不多，估計抵達蘇珊居住的公寓需要十五分鐘。我默默開了五分鐘，在一個路口前停車等候紅燈。

「傑克，你發什麼愣？」愛蓮娜突然問道。

我皺眉探頭，打量十字路口的燈柱，看見斜對面架了一台交通監視器。我搖了搖頭。

「妳一路都在監視我？」

「我要掌握你的狀況。」

「這感覺好像妳坐在我旁邊一樣。」

「就當我坐在你旁邊，跟我談談。」

「談什麼？」

「三十八年前。」愛蓮娜說。「談談你的過去。」

綠燈亮起，催油上路，駛出一條街口後，我才開口說道：「沒什麼好談的。三十八年前的一個冬夜，我赤身裸體被人棄置在急診室外，沒有財物、沒有身分證明、沒有記憶、沒有過去。」

「你一定曾調查過？」

「有，但沒有頭緒。」我說。「後來我爲自己找到一個人生目標，也以傑克．威廉斯的身分度過了一整個人生的光陰。對我而言，傑克．威廉斯就是我的唯一身分，在那之前的空白早就沒有任何意義。」

「但是加百列說你不會老？」

「是呀，這是一個困擾，不是嗎？導致我每隔十年就要搬一次家，不然會被人看出來。」我苦笑道。「別提這個沒有答案的問題了。妳對〈啓示錄〉了解多少？」

「就《聖經》上寫的那些。老實說，文筆雜亂，語焉不詳，想看懂並不容易。總而言之就是在講末日災難的種種徵兆。」

我點點頭：「妳相信〈啓示錄〉這類預言嗎？」

「你我都曾扮演末代啓示錄中的救世使徒，合作拯救末日宇宙，記得嗎？」愛蓮娜說。

「我當然相信〈啓示錄〉這類末日預言，只不過聖約翰的〈啓示錄〉有個令可信度大打折扣的問題。」

「什麼問題？」

「就是他曾宣稱『啓示錄』會在他在世的年代發生。」愛蓮娜說。「而這點顯然沒應驗。」

「如果他是正常人的話確實是個問題。」我搖頭道。「但是不要忘了，根據加百列的說法，聖約翰至今依然在世。」

愛蓮娜沉默片刻，說道：「看來必須盡快找到他。」

「嗯。」我同意。「妳對基督大敵了解多少？」

「《聖經》裡只有聖約翰在兩封書信裡提到過基督大敵這個名詞，一共提到五次，有單數也有複數。」愛蓮娜說。「基本上基督大敵可以用來泛指所有反對、迫害基督教的人。歷史上曾有不少人被指控爲基督大敵，比方說神聖羅馬帝國皇帝腓特烈二世就曾因爲不願意爲天主教發動十字軍戰爭而被當時的教宗宣布爲基督大敵，並且遭到逐出教會的處分，而後來腓特烈二世也反過來指控教宗爲基督大敵。除了這類爲了宗教或政治利益而相互指控的基督大敵之外，還有像是伏爾泰、盧梭等現代思想先驅因爲批判基督教而被扣上基督大敵的帽子。另外還有一種最恐怖的，就是掀起仇恨、大規模殘殺人類的獨裁分子，阿道夫・希特勒就是這類基督大敵的代表人物。」

「一般相信，〈啓示錄〉第十三章中所描述的野獸就是聖約翰所指的基督大敵。野獸將會聯合地上的十王，在世界上取得短暫的勝利。」

「加百列所講的基督大敵，多半就是這個傢伙了。」我說。

「大預言家諾斯特拉德瑪斯預言中的基督大敵共有三名。」愛蓮娜繼續說道。「前兩名分別是拿破崙和希特勒，第三名他稱之爲馬布斯（Mabus），音似梅菲斯特宣稱的馬爾斯・阿布。預言中第三基督大敵迅速遭到殲滅，但是他所引發的戰火將會持續延燒二十七年，導致生靈塗炭，血流成河。」

「只能希望加百列盡快找到他。」我說。

「但是找到他之後又能怎麼樣呢？」愛蓮娜提問。「除掉他嗎？姑且不論天使有沒有能力除掉基督大敵，你認爲加百列會動手剷除《聖經》預言中的野獸嗎？如果他一心想要阻止〈啓示錄〉中的預言發生，這樣做當然合理。但若〈啓示錄〉眞的是上帝昭示的預言，憑他一個天使，有什麼理由阻止上帝的預言？」

我愣了愣，緩緩說道：「我沒想過這個問題。」

「我認爲加百列的動機值得懷疑。」愛蓮娜說。

「妳確定不是因爲他把物質先知打了一頓導致妳對他心存偏見？」我問。

「或許。」愛蓮娜說。「但我還是認爲他沒有對你全盤托出。」

「嗯……」我考慮這種可能。「下次見到他，我會問清楚。」

數分鐘後，我抵達目的地，熄火下車，來到蘇珊公寓大門外。蘇珊把自家鑰匙留在門外的盆栽裡，可沒留一樓大門的。我正考慮是否該按管理員對講機時，愛蓮娜突然說話了。

「蘇珊．葛林的電腦剛剛連上了網路。」

我皺起眉頭，後退一步，抬頭看向三樓蘇珊家的窗口。大燈沒亮，但是隱約可見微光閃動。蘇珊獨居，沒有室友，應該也沒有男朋友。此刻屋內的人深夜中鬼鬼祟祟，多半不會有什麼好事。我沉吟片刻，決定不走大門，繞到公寓側巷。確定四下無人後，我跳上垃圾箱，爬上防火梯，轉眼間來到蘇珊臥房的窗口外。我小心翼翼地自窗側偷窺室內，發現光線來自臥房隔壁的客廳。

愛蓮娜提示：「根據紅外線所示，屋裡只有一人，位於客廳。」

我深吸口氣，摩拳擦掌，手指貼上窗緣，緩緩使勁向上一抬。只聽見「吱」地一聲，我的行蹤當場曝光。眼看客廳光線忽暗，我當機立斷，推開窗戶，翻身而入，在地上滾動一圈，隨即起身，拔槍在手，衝到臥房門邊，迅速探頭，正好趕上一顆拳頭對我腦袋捶下。我屈膝矮身，舉手擋格。擋是擋下了，但對方力道猛烈，當場將我捶倒在地。我著地一滾，尚未起身，對方已提腳踢來。我左手手肘頂中對方小腿，右手舉起手槍，對方雙手交錯，夾住我的手腕。我感到一陣劇痛，但死也不肯放槍。對方手肘一抬，撞在我臉上，力道之強，竟令我騰空而起。我重重地摔在地板上，只覺頭昏眼花，眼冒金星。對方一腳踏在我持槍的右手上，另一腳對準我的下巴狠狠踢下。我眼前一黑，就此暈了過去。

不知過了多久，我隱約聽見愛蓮娜的聲音。「傑克，醒來！傑克，醒來。」我低聲呻吟一聲，讓愛蓮娜知道我聽見了，接著搖一搖頭，張開眼睛，發現我依然躺在蘇珊家的地板上。一個男人坐在沙發上，神情專注地研究客廳桌上的電腦。此人相貌、身材普通，深色西裝，褐色大衣，給我一種熟悉而又陌生的感覺。

我試圖移動四肢，卻發現儘管沒有遭到綁縛，四肢依然受到限制，動彈不得。我又掙扎幾下，四肢仍不得伸展，只好開口問道：「你是什麼人？」

對方十指如飛，在鍵盤上迅速輸入指令，不過我看不清楚螢幕畫面。他沒有理我。

「最近就是你在跟蹤我嗎？」

對方還是毫不理會。

我感到胸口一陣鬱悶，實在悶得很想發飆。今天我已經好幾次落入人手，雖然每次都逢凶化吉，但說到底都不是靠我自己的力量。如果我遇上的每個對手都能把我打得落花流水的話，那還談什麼拯救世界？我突然開始懷念筆世界裡那種無所不能的感覺了。

「你也在找莎翁之筆？」

對方無言。

「你是天使還是惡魔？」

對方無言。

「難道你是女神的手下？」

對方保持無言。

我嘆了口氣，沉思片刻，決定用其他方法吸引他的注意力。「愛蓮娜。」我故意大聲問道。「他現在在電腦上幹什麼？」

「跟我一樣，追查莎翁之筆買家的匿名信箱。」

「查出什麼沒有？妳和他？」

「目前爲止都沒有。對方保密的手段非常高明，破解是一定破解得了，但是短時間內難有結果。我已經下載了所有郵件資料，他也一樣。」

「急什麼？」我問。

「外面有三輛車分別停在公寓前後，你們已經被包圍了。」愛蓮娜道。「對方共有十二人，配備自動武器，正在進行攻堅部署，預計你們還有兩到三分鐘的時間。」

「警方？」

「顯然不是。」

神祕人拔下隨身硬碟的連接線，將硬碟收入大衣內袋，自地上撿起我的手槍，以槍柄擊碎筆記電腦。接著他站起身來，走到我面前，側頭看我。

「威廉斯先生，你太早找上門了。我們相識的時機還沒成熟。期待下次再見。」他說完將手槍丟在我的胸口，然後朝公寓門口走去。

「喂！」我對著他的背影叫道。「你是基督大敵？」

男人停在門口，轉頭看我一眼，片刻過後，說道：「如果你活得夠久，我們再找機會聊。」

在他關上房門的同時，束縛我四肢的力量隨之消失。我緊握手槍，翻身而起，衝往房門。手才剛碰到門把，愛蓮娜已經說道：「傑克，敵人已經上樓……」

我拉開房門，探頭出去，神祕人不見蹤影，子彈倒是飛來一堆。我在槍林彈雨中關閉房門，拉張椅子抵住門把，關掉電燈，退出彈匣確認子彈數量，走到沙發邊撿起外勤袋，退入沒有窗戶的廚房中，就著料理台的掩護，集中精神注意門口和窗口的動靜。

大門突然在一陣槍響中爆出一個大洞，連帶我用來檔門的椅子都化爲碎片。一名男子一腳踹開門板，隨即被我一槍擊倒在地。後面的人站在門外開槍，不過只是慌亂地胡亂掃射，彈著點離我甚遠。客廳另一邊有人打破窗戶試圖進入。我朝兩面窗口各射兩槍，對方一時不敢硬闖。門口的敵人趁我應付窗外敵人時將地上的傷者拖回門外。接著一條身影著地一滾，閃入沙發後方。我將槍口對準沙發，冷靜觀察屋內動靜，等到沙發後的男人露臉舉槍時先發制人。對方大叫一聲，手槍落地，眼看連手指都被打下幾根。

我的目光在窗戶和大門之間來回遊走，利用對方重新協調策略的時候更換彈匣。片刻過後，門外傳來談判的聲音。

「馬爾斯．阿布！我們已經將你包圍了。立刻棄械投降，跟我們回去！大家多年共事，沒有必要走到這個地步！」

我對著自防火梯潛入臥房的敵人開槍。一聲慘叫過後，我以正常說話的音量說道：「我不是馬爾斯．阿布，你們認錯人了，勸你們趁警方還沒趕到之前離開。大家互不相識，沒必要走到這個地步。」

對方遲疑片刻，彼此交頭接耳。「你是什麼人？隸屬什麼單位？爲什麼會出現在這裡？」

「你告訴我你們是誰，我就告訴你。」

對方低聲商議，不過肯定不是打算繼續談判，而是在協調同步進攻。我自外勤袋中取出兩排彈匣放在料理台上，正在考慮是該使用閃光彈與對方正面衝突還是用炸藥從廚房後面炸個洞出去的時候，耳中突然傳來愛蓮娜的聲音。

「傑克，有人試圖透過任務頻道與你聯絡。」

任務頻道除了愛蓮娜外，只有保羅會用。我微感意外，說道：「接過來。」

「傑克？」果然是保羅的聲音。「你在哪裡？」

「蘇珊・葛林家。」我說。「被一群來歷不名的武裝人員包圍。你知道他們是誰？」

「哈瑪斯組織。」保羅說。「他們在獵捕組織叛徒。你有見到馬爾斯・阿布嗎？」

「有見到一個男人。對方將我制伏，然後跑了。」我一邊注意客廳狀況，一邊詢問：

「反恐局在監控這組人馬？」

「是，我是這個任務的聯絡員，我們有臥底探員混在裡面。」他稍停片刻，繼續說道：

「傑克，聽我說，現在時間緊迫，不能詳細解釋。我要你放下武器，出來投降。」

「你確定他們不會殺我？」我問。我不懷疑保羅的判斷，就算他沒時間解釋，我也願意毫不遲疑地接受他的指示。多年來我在外面出生入死，依賴他的指示逃出生天的次數多得不計其數。在這個高科技年代裡，外勤探員想要活得長久就必須學會信任資料分析師。只不過這次我所捲入的事情顯然超出我的能力範圍，偏偏這些恐怖分子是我一整天遇上唯一屬於能力範圍以內的對手。說實在話，我想把他們痛扁一頓。

「不會。他們會嚴刑拷打，沒弄清楚你隸屬哪個情報單位前絕不會殺你。他們是反恐局目前僅存的線索，我不能讓你把他們殺光。」保羅語氣急迫。「快點，他們準備進攻了。」

「我要怎麼辨識臥底人員？」我問。窗口和門外人影閃動，對方已就定位。

「你認識他。」保羅說。「凱普雷特的熟客，傑森．高登。」

「高登是反恐局的人？」我微感驚訝，接著皺起眉頭。「你竟然沒告訴我？我開始懷疑反恐局也在監視我了。」

「巧合而已，別想太多。快投降！」

「不要開槍！」我高聲大叫，將槍放在桌上，雙手高舉過頭，緩緩站起身來。「我叫傑克．威廉斯。我投降！不要開槍。」

門外有個男人探頭進來，確定我沒拿武器後，低聲下達暫緩攻擊的指令，然後帶著兩個男人步入屋內，來到我面前。他身後兩男人走到我身後，將我的雙手拉到背後，銬上手銬，接著一個對我搜身，另一個去搜我的外勤袋以及屋內其他處。我認出對我搜身的人就是反恐局的臥底探員。他沒有搜出我耳朵裡的通訊器。

我面前的男人瞪了我半天，接著一拳打在我鼻子上，當場令我鼻血直流。我用力吸了兩大口氣，結果卻被吸回來的鼻血嗆到，只好任由鼻血亂流。男人在我臉上啐了一口口水，惡狠狠地問道：「你是哪個單位的？情報局？國安局？反恐局？」

我一言不發，冷冷地看著他。正當他再度開口，門外有人叫道：「警察要來了！」

男人朝屋內手下詢問：「馬爾斯．阿布？」

手下回答：「不在這裡。」

男人咒罵一聲，說道：「撤退。」接著轉向傑森．高登下令：「帶他一起走。」高登的槍口抵在我的背上，壓著我離開客廳。不過還沒走出一步，面前的男人對準我的臉頰又是一拳。我猜想他是打算將我擊昏，不過力道略顯不足。爲了不讓他在手下面前丟臉，也爲了少挨幾下拳頭，我當場兩腳一軟，癱倒在地。高登嘆了口氣，將我扛上肩膀。

恐怖分子離開公寓，駕車逃逸。由於車上另有傷患需要照料，所以我就被人塞入後車箱中。也好，沒人打擾，我可以向保羅問清楚狀況。

根據反恐局的情報顯示，哈瑪斯組織爲了報復美國政府栽贓嫁禍，已經運送一顆來歷不明的核爆裝置進入美國本土，預計在明天凌晨一點前引爆，距離現在只剩下一個半小時。由於時間緊迫，反恐局臨時徵召退役人員重上火線。保羅曾多次與哈瑪斯組織交手，熟悉該組織運作方式及首腦人物背景資料，於是受命成爲該任務主要分析人員，所有外勤行動的協調聯絡工作也都由他負責。目前反恐局鎖定的恐怖分子，也就是如今綁走我的這些人，是哈瑪斯這次攻擊行動中的備用小組，主要任務並非引爆核彈，而是獵殺叛徒馬爾斯．阿布。

馬爾斯．阿布是哈瑪斯組織的第二號人物，曾經親自策劃、執行無數恐怖攻擊，是反恐局首要監控的世界十大恐怖分子之一。半年前，他開始出現與組織失聯的狀況，數次謊報行蹤，態度轉爲消極。哈瑪斯組織分析研判，認定他失去信念，已萌生退意，但原因不明。馬爾斯．阿布在組織中佔有舉足輕重的地位，並且知道太多內情，組織不能讓他失去信念的事實曝光，進而打擊組織士氣，更不能讓他引退之後落入敵人手中，於是決定給他最後一個機會證明自己的忠誠。這次報復美國的行動，原先是交給馬爾斯．阿布領導。在阿布表明拒絕領導，並且再度失聯之後，哈瑪斯組織立刻宣稱他是叛徒，下達全面格殺令。

「根據情資研判，」保羅說道。「恐怖攻擊預計的發動時間已迫在眉梢，爲求謹愼，他們通常不願意在這種時候節外生枝。剛剛獵捕阿布的行動失敗後，在沒有頭緒的情況下，他們最有可能採取的行動就是與攻擊部隊集結，增強實力，按兵不動，直到核彈成功引爆，再開始進一步撤離行動。之所以要你棄械投降，就是要跟蹤他們，找出臨時巢穴。」

「這麼容易讓你們跟蹤嗎？」我問。

「當然不可能。」保羅說。「根據以往經驗，再過不久我們的通訊就會失聯。這個頻道不是政府時常採用的通訊頻道，所以至今依然暢通，不過遲早會被他們的通訊人員察覺的。此刻我們雖以衛星追蹤車隊，但是紐約市有太多隧道、橋梁可以遮蔽衛星，提供更換車輛的窗口。只要他們多換兩次車，我們跟蹤失敗的機率就會大幅增加。到時候……」

「我和高登探員就必須自求多福？」我接下去說道。

「高登很厲害，但這次事關重大，我不敢把一切全賭在他一個人身上。這也是我希望你棄械投降的原因之一，有你在裡面，可以大幅提升行動成功的機會。」

「有什麼我該注意的地方？」

「確認核彈下落，剷除恐怖分子。」

「說得眞容……」我話還沒說完，耳中突然傳來一陣尖銳聲響，接著一切歸於寧靜。對外通訊被切斷了。

數分鐘後，車子停下，熄火，人員下車，後車箱開啓，我繼續裝昏。對方將我塞入另一輛車的後車箱中，接著再度啓程。半小時內換了三次車，最後我被他們扛入一棟建築物中。我趁機偷看，發現這是一棟空間廣大的水泥建築，牆上有著看不出用途的大型鋼管，管身老舊，油漆斑剝，似乎已棄置許久。我猜這裡多半是紐約市郊的某間廢棄工廠。他們將我抬到一間水泥房中，拉來一張椅子，把我銬在上面，留下一人看守，便出去忙了。

我故作幽幽轉醒，與看守人大眼瞪小眼。他神色冷酷，對我視而不見，但槍口始終指在我身上。我環顧四周，水泥牆壁，沒有其他家具。我所坐的椅子附近有許多噴濺的血跡，顯然這裡是他們專門毆打人犯的地方。

至少沒有大片血印。哈瑪斯組織喜不喜歡公開處決人犯？想不起來。看來我對現實生活中的恐怖組織了解略顯不足。

兩分鐘後，房門打開，剛剛打我的男人走了進來。他手裡拿著兩張紙，站在我面前翻閱。片刻過後，他壓低紙張，揚眉瞪我，冷冷說道：「威廉斯先生。根據我們的情報，你身家清白，經歷簡單，沒有任何在政府機關工作的背景，也不曾與黑道有任何掛鉤。你是一個普通市民呀。」

我微笑點頭。「我的確是。」

「普通市民為什麼會隨身攜帶槍械、彈藥、鋼筆炸彈、引爆器、竊聽裝置、追蹤裝置以及各式各樣專業情報員使用的小道具？」

「那個呀？」我說。「因為我是皮爾斯．布洛斯南的影迷。」

男人一拳擊中我的肚子，痛得我差點吐了出來。我彎下腰痛了五、六秒，才抬起頭來。

「丹尼爾．克雷格才是最寫實的龐德。」男人一邊甩手一邊說道。「我最欣賞他剝光衣服坐在椅子上被人用錘子甩卵蛋的那場戲。」

我吐出一口鮮血，說道：「他的風格太黑暗殘暴了，龐德電影該要像布洛斯南那樣歡樂才對。」

他自口袋中取出一把鉗子，走到我身後，夾住我的左手小拇指，低下頭來在我耳邊說道：「現實是很黑暗的，威廉斯先生。殘暴是我的中名。」說完手掌使勁，當場夾碎我的小拇指骨。

我咬緊牙關，冷汗直流，手臂顫抖。劇痛過後，深深吸了兩大口氣，緩緩說道：「有話好說，何必動手動腳？只要你喜歡，我也可以當克雷格的影迷呀。」

男人順手又是一拳，打得我耳中嗡嗡作響，眼前直冒金星。我甩甩頭，眨眨眼，呻吟兩聲，不再吭聲。

「你是哪個組織的？」男人終於切入主題。「對我們的行動了解多少？」

我沉默不語，冷冷地看著他。

「你去跟馬爾斯·阿布接頭？他提供你什麼情報？情報是否已經傳遞出去？」

我保持緘默。

他退到門邊，打開房門，跟外面吩咐幾句，然後又走回來。「時間緊迫，你既然不肯合作，我只好借助一些道具輔助，你應該可以了解。」

「不要吧？」我說。「你用鉗子我就已經很害怕了。」

「你很幽默嘛？」男人說。「最好你能以幽默的態度面對接下來的場面。」

房門開啟，一個男人推著一盤外科手術工具走了進來。我看著那盤工具心裡一寒，接著在看到推盤子進來的人時鬆了一大口氣。傑森·高登出場了。

高登將工具盤推到男人身邊。男人伸出手指撫摸手術工具，微笑問道：「如何？喜歡從什麼開始？解剖刀？胸骨鋸？止血鉗？還是喜歡插管拔管？快進快出很過癮唷。」

我側頭沉思，緩緩說道：「解剖刀好了。一方面可以劃開喉嚨，一方面還可當飛刀射。」

男人冷笑：「你放心，我不會太快劃開你的……」話沒說完，他的喉嚨已被高登用解剖刀劃開。在他喉頭鮮血噴灑到我臉上的同時，高登手中的解剖刀筆直射入門口守衛的右眼。高登迅速迎去，在守衛屍首落地前一把抓起，緩緩放下。我挺起雙腳，夾住面前男人的雙手，令他無法掙扎。高登拔出守衛眼中的解剖刀，回到我們旁邊，一刀插入男人胸口，將其平放在地。接著開始幫我解開手銬。

「威廉斯。」

「高登。」

一聲招呼打完，我站起身來，走到守衛屍體旁，拿起他的自動步槍。

「我已經確認核爆裝置就在這裡，他們打算利用無人飛機運往紐約市中心引爆，再過幾分鐘就要起飛，我們沒有時間等待支援。」高登說。

「你原先打算等到支援抵達再行動嗎？」我繼續在屍體身上摸索，拿了兩個彈匣，但是沒有找到手機之類的通訊裝置。對方行動嚴謹，這類裝置必定集中管理，要不然，讓高登打個電話出去求援就好了。

「如果可以當然最好。」高登說。「對方約有二十人。我們沒有支援，想把他們全部除掉並不容易。」

「你知道他們干擾通訊的裝置在哪裡嗎？」我問。

「二樓通訊室。」高登指著上方。「附近有五個敵人，我需要有人轉移他們的注意。」

「交給我。」我將步槍調到半自動。「你出去十秒之後，我開始轉移他們注意力。」

高登看了我一會兒，神色懷疑：「保羅說你是最好的。」

我微笑：「你做好你的工作，我會做好我的。」

他點了點頭。「那就開始行動。」說完打開房門，走了出去。

我站在門邊，深呼吸幾口氣，心中暗數十秒。十秒一過，我推開房門，反手擊中門外守衛的喉結，抽出他插在皮帶上的手槍，頂上他的胸口就是一槍。既然是要轉移注意，我就不必擔心行蹤曝光。我看準右前方靠牆擺放的一個大貨架，拔腿衝了過去。才跑到一半，四面八方已經響起槍響。我死命奔跑，衝到貨架後方，著地撲倒，隨即起身，就著貨架的掩護觀察形勢，在槍林彈雨中伺機反擊。

數秒後，二樓傳來一陣爆炸聲響，我看見廠房對面一間辦公室裡發出火光。接著耳中嘟地一聲，愛蓮娜宛如天籟般的聲音傳入耳中。

「傑克？」

「愛蓮娜，知道我的位置嗎？」

「正在追蹤。查到了。」愛蓮娜道。「很高興再度聽見你的聲音。」

「衛星圖，紅外線，給我所有的敵人部署支援。保羅？你在嗎？」

保羅的聲音切入。「在。我也收到你的位置了，支援部隊十分鐘後抵達。」

「太慢了。」眼看敵人逐步進逼，我問：「愛蓮娜，妳可以切斷這間廠房的電源嗎？」

「隨時待命。」愛蓮娜答。

「斷電十秒，動手。」

整間廠房突然一黑，槍聲稍止，四下隨即傳來驚訝的叫聲。我在斷電前已經看準轉進的掩體，電力一斷立刻摸黑前進，閃入幾個大木箱後方。

電力恢復後，恐怖分子再度開槍。我趁著槍聲繼續通訊。「愛蓮娜，敵人位置？」

「你左方五公尺處有兩名敵人，他們背對你。動手。」

我自木箱間的縫隙開槍，擊斃了兩名恐怖分子。

頓時槍聲大作，木屑四濺，封死我的退路，令我進退不得。這時另一邊又有騷動，高登再度出擊。恐怖分子火力分散，我立刻衝出木箱，依照愛蓮娜的指示衝往下一道掩體之後。就這樣，我和高登兩人相互掩護，打打停停，終於在十分鐘後闖入最後一個房間，殺死最後一名敵人。

支援部隊一如往常地在敵人死光後抵達現場。

我和高登走到房間中央的大桌旁，推開躺在桌上的屍體，看著對方臨死前啓動倒數的核爆裝置。

三分二十秒。

高登立刻回報：「反恐局，核爆裝置已經啓動，距離引爆時間還有三分十六秒。」

我和高登同時聽見保羅的回應：「拆彈人員無法及時趕到。」

我轉向高登。「你拆過嗎？」我說著在一旁屍體的口袋裡搜出一支手機。

「核彈？」高登道。「拆過美國製的，這顆是中國製。」他指著核彈引爆器下方的一排中文小字說道。

我拿手機對著核爆裝置拍了張照片，交給高登。「上傳給反恐局。」接著在桌上取過起子和小刀，一邊研究核彈一邊說：「保羅，高登正在上傳核彈照片。」

「收到了。只有引爆器是中國製的，裝置本身是俄國製。改裝的設計源自……」

「保羅！時間不多！」我喝道。「說重點！」

「重點是我已經上傳引爆器電路圖到高登那支手機上，你聽我的步驟拆除。計時器左邊有一塊面板，把它打開。」

我拿起子旋開面板上的螺絲，取下面板。底下有好幾條電線。我希望不要又遇上剪藍線還是紅線的狀況，我最討厭那種狀況了。

「把電線往下撥，你會看到後面的隔板上有一行序號，序號下方的就是你要找的電路板。」

我愣了愣，突然有種似曾相識的感覺。

「現在看看電路圖。」高登把手機放在我面前桌上，圖上標明出兩個節點。「連結標明的兩個點，製造短路。」

我拿起子和小刀分別點上兩個節點，然後將兩把工具的金屬部位交觸。只見一陣火花，計時器隨即停在零分十九秒。

我長長吁了一口氣，退到一旁，靠在牆上。高登回報道：「狀況解除。我重複，狀況解除，快點派人來處理這顆核彈。」

我靠在牆上，渾身疲憊，看著反恐局的人馬忙進忙出，高登在現場來回指揮。幾分鐘後，他來到我面前，將手下尋獲的外勤袋交還給我。

「威廉斯先生，反恐局非常感謝你的幫助。我們主管希望你能和我回局裡做任務回報。」

我點頭。「我現在很累，可以明天早上再去嗎？」

「我了解。」高登伸出手掌和我握手。「很榮幸與你共事，明天局裡見。」

我和他握了握手，走出房間，回到一樓廠房，找一個安靜的角落，輕拍任務耳機。「保羅，清理頻道。」

「線路安全。」保羅說，接著又道：「除了你那個新來的資料分析員。她比我高明，我沒有辦法確定她有沒有在監聽。」

「我有。」愛蓮娜說。

「厲害厲害。」

「別鬧了。」我語氣嚴肅。「保羅，我見過剛剛那顆核彈。」

「有這種事？」保羅驚訝問道。

「我認得那組序號，你聽得懂嗎？我曾經拆過那顆核彈，是同一顆。」

「怎麼可能？」保羅說。「核彈可以讓人這樣拆了又裝，裝了又拆的嗎？」

「這就是重點了。」我說。「我在筆世界裡拆過，阿曼達．班頓的《核戰生死戀》。你記得嗎？」

「我怎麼可能不記得？」保羅說。「那本書是『只要抓住女性讀者就能大賣特賣』的代表小說。」

「你說哈瑪斯的核彈來路不明。」

「反恐局追查不到來源。」保羅說。「但是你眞的認爲這顆核彈來自筆世界？」

「也不是不可能。」我說。「愛蓮娜也來自筆世界。」

保羅愣了愣。「我就覺得這名字很耳熟。」

我皺起眉頭，思緒紊亂。「你那邊事情完結了嗎？我希望你盡快歸隊幫忙。」

「我還有件事情沒解決。」保羅說：「想要我盡快歸隊，你必須幫我。」

「什麼事？」

「馬爾斯．阿布。」

我微微一驚。「阿布？」

「之前的傳聞加上哈瑪斯竭力追殺，如今反恐局已認定他與這次事件無關，所以沒有將追捕他列爲優先要務。但是我認爲他還有更重大的圖謀，絕對不能這樣放著不管。」

「什麼重大的圖謀？你有聽到什麼風聲嗎？」我問。

「我有非官方的證據指出他過去六個月內曾與天際標靶公司執行長馬丁．道格會面數次。」保羅說。

我倒抽一口涼氣。天際標靶公司是美國數一數二的私人部隊組織，而馬丁．道格就是惡魔阿拉斯特的宿主。我想把我所知道的事情全盤托出，但又覺得一時間難以說清楚，於是說道：「好，關於這件事，我也有相關情報可以提供。我們見面再談。」

保羅說：「來我的祕密行動基地會合。皇后區，一百六十七街，一百四十三號，二十三房。」

「待會見。」我說完離開現場。打電話叫了輛計程車前往蘇珊家，然後駕駛我停在對街的車開往皇后區。

二十分鐘後，我到達目的地，停好車，正要上樓，手機突然響了。

我接起手機，卻是愛蓮娜的聲音。

「愛蓮娜？幹嘛不用任務頻道？」

「我不希望你的朋友察覺我們私下通訊。」

「什麼事？」

「這個祕密行動基地，」愛蓮娜說。「與我剛剛的一個搜尋結果吻合。」

「什麼搜尋結果？」

「威廉．強森的搜尋結果。」愛蓮娜說。「這個地址屬於某個名叫威廉．強森第一代移民的後代所有。」

我停下腳步，一時說不出話來。接著電話嘟嘟兩聲，我拿下來一看，螢幕上顯示兩張男人的大頭照，其中一個是我所認識的保羅．安德森，另一個五官細微處有所不同，但在先入爲主的認定下依稀可以看出與保羅是同一個人。

「你朋友是在反恐局的一次臥底任務身分曝光後才改名叫作保羅．安德森的。」愛蓮娜說。「他的本名叫作保羅．強森。我認爲在這種巧合的情況下，我們可以合理假設保羅就是我們要找的人。」

我抬起頭來，凝望眼前的老舊公寓。保羅就是聖約翰？

好吧……

ch.6 聖約翰

我伸手按了公寓對講機，不過還沒按下去，門就開了。我推開大門，步入公寓內，對愛蓮娜道：「他知道我來了。公寓監視系統？」

「沒有監視系統。」

我上樓。「這裡是他的行動基地，一定有監視系統。盡快找出來。」說完掛下電話。

到了二樓，沿著走廊前進，來到二十三號房門口。正要敲門，背後對面的二十四號房門突然打開。我迅速轉身，拔槍在手，一看站在門後的正是保羅。

「傑克。」

「保羅。」

我收起手槍，進入室內。他關起房門，上門上鎖，設定密碼。我趁機打量公寓內部，發現這是一個大型的室內空間，除了角落的廁所外，所有隔間全部打通。室內沒有多餘家具，只有一張大工作桌，其上架滿螢幕及各式各樣的電腦器具。保羅關好大門，走向工作桌旁的咖啡機，拿起杯子對我問道：「咖啡？」

我點點頭。他倒了杯熱騰騰的咖啡。我接過之後，開口問道：「你跟我說二十三號。」

「我只是換了門牌號碼，小心一點總是好的。」

「你不信任我？」

「我不信任愛蓮娜。」

我搖搖頭：「愛蓮娜沒有問題。」

保羅直視我：「她來自筆世界。」

我微微皺眉：「瑪莉也來自筆世界。」

保羅兩手一攤，沒多說什麼。顯然他也不信任瑪莉。

我凝視他片刻，默默喝了口咖啡，長吁口氣，說道：「你有話沒跟我說。」

保羅神色無奈：「我有很多話沒跟你說。但我對瑪莉抱持什麼看法也只是我個人的意見，沒必要當面說給你聽。」

我拉了張椅子坐下，再喝了一口咖啡。今天十分漫長，天曉得還有多久才會結束，我需要咖啡和休息。「我真不敢相信你竟然不相信瑪莉。」

保羅看了看顯示公寓內部以及外圍街道畫面的監視器，接著在他的工作椅上坐下，轉過來面對我，神色一派誠懇：「我是你的朋友才跟你說這些話。你爲什麼相信瑪莉？是，你們曾共患難，你們命運相繫，但那段冒險維持了多久？壓力下產生的情感在回歸現實後眞的值得信任嗎？她來自筆世界，擁有現實世界中不該存在的能力。你一直告訴自己她是個運氣很好的人，但在我看來，她只是讓別人的運氣變得很差。這兩者間有很大的差別。我在她的身邊如坐針氈，難道你這個枕邊人沒有這種感覺嗎？」

他說到我的痛處。一時之間，我無言以對。

「難道你不怕有一天你得罪她的時候，會死得很難看？」他繼續補充道。

「這和信任無關。」我也只能這麼說。

「當然有關。你怕她，所以沒辦法在她面前暢所欲言，不敢說出你心中眞正的想法。」

「男女交往本來就不會說出所有心中眞正的想法。」我說。

「你可以繼續這樣催眠自己，但是我希望你不要。」保羅說。「你的壓力越來越大。你不知道該如何維持這段關係。你很想逃跑，但你又不敢拋棄她。於是你就這麼耗著，期待一切問題會自動消失。」

他這一字一句我腦海中都曾想過，但卻不敢面對。我沉默不語。

「你怎麼能夠相信這樣的女人？」

「你說的這些都只是男女交往的問題，並不表示我不能信任她。」

「你應該要跳開來看。」保羅說著靠上椅背，深吸一口氣。「她影響到你的精神狀況、判斷能力和日常生活。你怎麼能夠肯定……」他停頓一下，把話說完：「肯定她不是女神派來干擾你的一步棋？」

我心中一驚，高聲說道：「你不可以胡亂做出這種指控！」

「你該知道我不是個喜歡胡亂指控的人。」保羅冷靜地道。「當然這話的證據確實薄弱，所以我一直沒說出口。但是我認爲現在這種情況下，小心一點總是沒錯。」

我沉思片刻，輕輕點頭，若有深意地說道：「我想你說的沒錯，在現在這種情況下，弄清楚誰可以信任是很重要的事。」

他瞇起眼推敲我的意思，接著神色困惑地緩緩問道：「你……這麼說是什麼意思？」

我冷冷地凝視著他，觀察他的反應。

「你不確定可不可以信任我？」他問。

「我必須問……」我緩緩搖頭。「威廉．莎士比亞和你是什麼關係？使徒聖約翰和你是什麼關係？」

保羅倒抽一口涼氣，身體傾斜，椅子向後滑開，撞在身後的工作桌上。「你跟誰談過？梅菲斯特？他告訴你的？」

我正要搖頭，他身後的安全系統突然發出尖銳聲響。保羅迅速轉身，跳下椅子，在眾多螢幕中尋找觸發警報的來源。愛蓮娜的聲音自我耳中響起：「我剛剛偷接上他的監視系統。加百列來了。」

「可惡！」保羅盯著螢幕大聲咒罵。我走過去一看，只見螢幕上顯示法蘭西斯．巴貝爾神父推開公寓大門的影像。「可惡！可惡！可惡！」保羅神色緊張，突然間回過頭來，恍然大悟地說：「是天使告訴你的！是你帶他來的！」

我搖頭：「我沒有帶他來。但既然他是天使……」

保羅雙手緊緊握拳，額上青筋隱現，顯然憤怒至極。

我一愣，問道：「耶穌使徒和天使不是應該站在同一陣線嗎？」

「我和他們勢不兩立。」保羅咬牙切齒地說。他快步走到牆腳，蹲下身去，撬開地上一塊木板，自其中取出一本皮革古書，以及一條墜有大衛之星的項鍊。他同時說道：「聽著，不管加百列跟你說了什麼，我肯定他沒有對你全盤托出。每個故事都有黑白兩面，絕對不能單聽一方的片面之詞。這種事你應該非常清楚才對。」

他回到我身旁，面對大門口站定。我看著他手中的古書，認不出封皮上的文字，但是卻強烈感到不寒而慄。這是一本莊嚴而又邪異的典籍，絕非任何聖人所應持有。

「這是什麼書？」

「《辰星聖經》。」保羅目不轉睛地凝望大門。

「地獄的聖典？」我頭皮發麻。「大衛之星呢？」

「蘊含魔法。」

「黑魔法？」

「喀巴拉。」

不知不覺間，我已拔槍在手。保羅斜眼看我一眼，接著又回去注視大門。「我希望你不打算把槍口對準我。」

我槍口指地，搖頭道：「我要怎麼相信你？你對我隱瞞身分，而對方可是天使呀。」

「用點腦筋想一想。」保羅說。「你要相信一個多年來跟你出生入死的凡人，還是一個剛剛認識的天使？況且，難道你就沒有對我隱瞞自己的身分嗎？你在成爲傑克．威廉斯之前又是什麼人？」

叩叩叩。

門上傳來敲門聲。我本能地將槍口指向大門。

「約翰。」門外的人說道。「是我，加百列。開門讓我進來。」

保羅低聲說道：「提高警覺。他不會走門的，等他進來就開槍，幫我爭取時間。」

「約翰。」加百列提高音量。「你知道我爲什麼找你。把東西交出來，沒必要弄得那麼難堪。」

我問：「他要你交出什麼？」

「絕對不能交的東西。」

我點點頭。加百列沒有跟我說他找聖約翰是要逼他交東西。我不喜歡被人瞞在鼓裡的感覺，特別是被這種不該騙人的天界勢力所欺瞞。

我心意已定，神色一凜，問道：「你準備好了嗎？」

「好了。」

「那就先下手爲強。」我說完對準大門連開三槍。保羅高舉大衛之星，嘴唇微動，唸唸有詞。

我朝門口迎上，遠遠透過彈孔看出一道人影閃向右方。我轉而向右，緩步移動，在接近到距離牆面約一公尺左右時，磚牆突然向內爆開，我低頭閃過迎面而來的一塊磚塊，不過胸口和腹部還是遭受飛磚痛擊。這兩下痛徹心腑，我感到喉頭一甜，當場噴出一口鮮血。加百列穿牆而入，一掌緊扣我的喉嚨，我揚起左手，將銀匕首插入他的手臂，一刀貫穿，刀尖自手臂另一邊破出。加百列微微皺眉，手臂依然舉著，但掌心卻已鬆脫。我揚起槍口，對他身體開槍。他拔出匕首，迅速揮舞，在不及一公尺的距離內擋下我的子彈。

我彈藥耗盡，沒有時間更換彈匣，於是揚手將手槍朝天使拋去。加百列側頭閃避，跨步向前，反過匕首，手持刀柄捶向我的胸口。我閃避不及，舉手護胸，只覺得一股大力襲體而來，身體隨即向後疾射而出。眞實世界的磚牆不是鬧著玩的，要是當頭撞上，小命多半不保。我立刻移動雙手抱住腦袋，緊接著我聽到骨碎聲響，感到手臂劇痛，整個人癱在地上，頭昏眼花，爬不起來。

加百列拋下匕首，不再理會我，轉身面對保羅。我突然感到四周一股無形大力，全身毛髮根根豎起。只見大衛之星中射出一道紅光，加百列隨即騰空而起，緩緩飄向大門。他在大門正前方落地。落地後，地面魔光激盪，揚起一圈光柱，將加百列圍繞其中。

加百列向前跨步，撞上無形結界。他低頭看向地板上微微發光的魔法圈，神色十分無奈。「一個晚上遭囚兩次？我眞是太久沒來了。」接著神色一凜，朝保羅怒目而視。「約翰，你竟手持《辰星聖經》施展地獄結界，如此墮落，還敢自居基督使徒？」

保羅放下《辰星聖經》及大衛之星走到我的身旁蹲下，檢視我的傷勢。他以右手輕觸我的雙手，骨碎處隨即湧入一股透體冰涼感。儘管這種感覺與之前加百列行使醫療神蹟有明顯程度上的差異，但至少難忍的劇痛當場消失了。我擠出一絲微笑，在他的扶持下掙扎起身。

「我沒有自居基督使徒很久了。」保羅終於開口回應加百列。「我爲先知盡心盡力，也花了凡人一生的時間宣揚基督大愛。聖約翰早已走入歷史。後世聖經要怎麼寫，教徒要怎麼看，早已與我無關。你要說我不配自居基督使徒，我只能說我不須向你交代。」

「怎會與你無關？」加百列理直氣壯。「你眞想一走了之，當初就不應該霸佔天界聖物！我只是想要回屬於天界的東西。你交出來，我加百列保證所有天使從此不會爲難你。」

「你以爲你是誰?你憑什麼保證這種事?」保羅語氣不屑。「要保證就叫米迦勒出來向我保證。」

加百列語塞。

保羅側頭看他:「你們到現在還沒找到米迦勒?」

「我們還在找。」加百列搖頭。「米迦勒失蹤,我可以作主。」

「是嗎?你作主?」保羅冷冷看他。「那你告訴我,爲什麼突然急著找啓示錄之心?」

我終於知道天使要搶的東西叫作啓示錄之心。這東西擁有一個令我極度不安的名稱。

加百列不說話。

「你打算怎麼處置它?」

加百列還是不說話。

「你打算拿出來用,是不是?」

加百列緩緩點頭。

「你覺得我會交給你嗎?」

加百列神色嚴厲:「宇宙的秩序開始崩壞。你那支莎翁之筆惹出了多大的禍事你知道嗎？等你那堆亂七八糟的筆世界融入眞實世界後，上帝所規範的一切定律就會遭到破壞，宇宙將陷入渾沌，全面失序。到時候會發生什麼事，誰也不知道。你以爲路西法不會趁此機會降臨人間嗎？你以爲最近惡魔頻頻動作是爲了什麼？我們也不希望事情走到這個地步，這就是我們能夠放任你在世間遊走兩千年的原因。但是如今時候到了，危機迫在眉梢，誰知道女神的實力已經壯大到什麼地步？如果不盡快使用啓示錄之心，我們沒有辦法保證……」

「使用啓示錄之心只能保證一件事！」保羅道。「我就算死也不會讓你們毀滅世界！」

是呀，啓示錄之心果然是個顧名思義的聖物。我的頭好痛。

保羅轉頭面對我。「你或許聽說過，聖約翰曾經預言啓示錄災難會在他有生之年發生。好吧，他沒有辦法眼睜睜地看著這種事情發生……我沒有辦法眼看世界毀滅卻袖手旁觀。這就是我帶著先知交給我保管的啓示錄之心銷聲匿跡的原因。天使需要啓示錄之心才能開啓啓示錄災難的序幕。而我相信，先知之所以把它交給我保管，就是爲了要讓凡人在毀滅世界這件事情上擁有發聲的權力。而我說不，我說不能毀滅世界。知道爲什麼嗎？」他說著看向加百列一眼。「因爲毀滅世界絕對不是解決事情的方法。」

加百列搖頭：「世界曾經毀滅過。」

「是呀，諾亞的年代。」保羅說。「那個年代，世界很年輕，上帝還在嘗試錯誤。造人不滿意？下場大雨重新開始。那時候全世界有多少人口？現在又有多少？那時候文明開化到什麼程度？現在呢？人類已經跨過了能夠讓你們說重來就重來的界限。上帝之子都已經來到人間為了人類的罪孽受難。毀滅世界早已經不再是一個選項，只有你們這種食古不化的天使才會抱著舊日的典籍不放。」

加百列語氣諷刺：「啓示錄可是你寫下的。」

「它有它的宗教價值，但並不表示災難應該眞實發生。」保羅說。「況且，光有啓示錄之心又有什麼用？你還是需要找出米迦勒才能正式啓動。烏列爾呢？拉斐爾呢？他們站在你這邊嗎？另外，據我所知，基督大敵的動向也令人捉摸不定。他會不會配合你們起舞，發動野獸大戰，一切都還是未知數。」

「在上帝的旨意之前，這些都是可以克服的小阻礙。」加百列道。

「最好是上帝的旨意。」

聖徒和天使對瞪，現場一片沉默。眼看這兩個聖經人物各說各話，完全沒有任何交集，我終於忍不住開口了。「難道你們沒有其他的備用方案嗎？」我問。「難道除了毀滅世界之外，你們想不出其他應變措施了嗎？」

加百列不答。保羅幫他答。「少了米迦勒，天使就像無頭蒼蠅，只懂依照準則辦事。」

我看向加百列，他完全不加辯駁。我對保羅問道：「好吧，那米迦勒到底在哪？」

「在筆世界。」保羅毫不遲疑地說。

「你確定？」我和加百列同聲問道。

「近四百年前，米迦勒進入筆世界調查莎翁之筆，之後就再也沒離開過。」保羅說著轉向加百列。「至少他沒有完全離開。你進去過，相信你可以感受到他的力量與存在。」

「我被守門人騙了。」加百列臉色陰沉。

「他未必是騙你，我想他真的不知道米迦勒的下落。米迦勒是天使之長，神力無窮，想讓他無端失蹤就連路西法親臨也未必能夠。找不到他，多半是因爲他不想讓你們找到。」

「他有什麼道理這麼做？」

「我哪知道？」保羅說。「說不定他怕你們逼他去做他不想做的事。」

加百列輕哼一聲，沒有接話。

「我們認識什麼筆世界的神祕人物？」我自問自答。「就約翰．歐德了。你認爲他會是米迦勒嗎？」

「我考慮過這個可能。」保羅說。「但是他太神祕了，瑪莉事件過後就再也沒有露臉，我沒有機會證實。」

「一定是他。」我說。

保羅凝視著我，不置可否。

我皺眉。「怎麼？你還想得到其他人選嗎？」

保羅緩緩點頭。「你也是筆世界的神祕人物之一。」

我下巴下垂，闔不攏嘴。

保羅解釋道：「打從三十八年前傑克．威廉斯降世開始，你的一生就與莎翁之筆有著密不可分的糾葛。但是在成為傑克．威廉斯之前，你的過去一片空白，就連你自己也不知道，還有比這個更神祕的嗎？」

「荒謬！」我說。「如果我是米迦勒，你們兩個有可能到現在還看不出來嗎？」

保羅和加百列互看一眼。加百列接過來道：「只要米迦勒有心，沒有人能看得出來。」

他搖了搖頭。「包括你在內。」

「有沒有這麼玄？」我說。「說不定是女神囚禁了米迦勒。」

加百列立刻轉頭，目光如電，凝視保羅。「既然你執意不肯交出啓示錄之心，起碼也要告訴我們女神的身分，這樣我們也好有個應對方向。」

我也轉頭。「是呀，我也好想知道，女神究竟是誰？」

保羅看看我，看看加百列，最後點點頭，說道：「女神不是誰，是什麼。」

「女神究竟是什麼？」我改口問道。

「女神是諸神……」

保羅的安全系統突然再次聲響大作，我和保羅耳中也同時傳來愛蓮娜的聲音。

「又有人來了，兩個人，正要進公寓。」

保羅衝到監視器前，隨即發出驚呼。「可惡！可惡！可惡！」

我跟過去。「又是誰呀？」螢幕上是兩個男人，都不認得。

「烏列爾和拉斐爾！我討厭天使。」保羅狠狠瞪了加百列一眼，隨即抓起地上的包包，將工作桌上一堆東西塞了進去，邊塞邊說：「我們不可能對付三個天使，這下要逃了。」

我立刻輕拍耳機。「愛蓮娜，我們要離開現場……」保羅比了比左手邊的窗戶，我繼續道：「從東向窗口出去。注意對方行蹤，給我們指示……」

我跑到一旁撿起手槍，隨即與保羅來到窗口，左右一人一邊站定，自側面打量街道景象。加百列急道：「別急著走呀！什麼叫作女神是諸神……」

保羅回頭，斜嘴微笑，說道：「下次再告訴你。」

愛蓮娜說：「對方進入公寓，無人留守在外，行動。」

我和保羅推開窗戶，扶著窗沿跳了出去。

我們沿著水管跳到人行道上。保羅先落地，隨即回頭扶我。「你的手好了嗎？」他問。

「還有一點刺痛，不礙事。」我答。

他帶著我遁入旁邊的小巷子，自隔壁建築的後門闖入，路過一家夜店的廚房。廚房中沒有人出面阻攔，顯然他事先已經打過招呼。我們擠過夜店正廳，自大門離開。才剛出門，停車小弟已經將一輛黑色轎車開到門口停好。小弟下車，將車鑰匙交給保羅。保羅順手塞了一張二十元鈔票給他。我們隨即上車，保羅駕車離開。

「你一切都安排好了。」我說。

「我有近兩千年的逃跑經驗。」

他專心看路，我則注意四面八方，兩人一言不發地駛出三條街口。在確定觸目所及沒有追兵之後，我轉頭凝視他，緩緩說道：「四年前你我巧遇……」

「是刻意安排。」保羅說。「莎翁之筆重新出土後，我就開始注意你的行蹤及意圖。在肯定你爲筆世界所做的努力後，我決定和你合作，一起守護筆世界。」

「爲什麼不直接表明身分？爲什麼不告訴我眞相？」我問。

「一來是因爲你知道的已經夠多了，暫時沒有必要知道更多。」保羅說。「二來是因爲你太單純。你相信那些事情只會發生在筆世界，還沒準備好面對超越常理的眞實世界。」

我沉默片刻，心中鬱悶。「我不喜歡遭受欺瞞的感覺，我把你當作好朋友。」

「你做過情報工作，我也做過情報工作。你能期待什麼？」

「儘管如此……」我緩緩點頭。「感覺還是很不好。」

保羅深深吸了一口氣。「對不起。」

我轉過頭去，沒有接話。凝視後照鏡片刻，說道：「天使好甩嗎？」

「不好甩。」保羅立刻回答。「死纏爛打。除非將他們通通驅回天界，然後遠走高飛，不然我們遲早會再度被他們找到。」

「聽起來很棘手。」

「各個擊破還可以，三個一起來就沒辦法了。」

後照鏡中冒出一輛黑頭車。我心中浮現一股不祥的預感。「那兩個呢？」

「兩個？」

我瞇起雙眼，注視後方車內的人。「烏列爾和拉斐爾。」

他轉向後照鏡，皺起眉頭。「在沒有預先繪製囚禁結界的情況下，要對付他們難度極高。車後座的袋子裡有槍枝和彈藥，但是也只能阻擋一時，因爲他們施展醫療神蹟的能力比我強多了。除非把他們炸成肉醬，不然……」

上方突然傳來巨響，車頂當場出現凹痕。我連忙轉頭，只見對方車裡只剩駕駛，乘客座上的天使不翼而飛。我拉平椅背，拔出手槍，對著車頂凹陷處連開三槍。彈孔中人影閃動，接著右側窗外衣襬飛竄，車門金屬扭曲，整扇門被人拔出門框。我看準對方手臂來襲，一腳狠狠踢出，對方手掌和我的腳跟接觸，立刻反手緊握我的腳踝。我感到腳上一股強大拉力，整個身體離開車外。我奮力挺身，在車外交會的瞬間對準車頂天使迅速開槍。天使放脫我的腳踝，當場摔下車頂。我身體騰空，耳中風聲大作，接著背部劇痛，口中噴血，顯然撞在天使駕駛車輛的擋風玻璃上。

在刺耳的煞車聲裡，兩輛車分別撞上左右兩邊路旁停放的汽車。我在撞車的衝擊中騰空而起，又撞到車子的後車窗上。我癱倒在地，全身的骨頭彷彿散了一般。我咳嗽一聲，手掌撐地試圖爬起，結果在發現自己手臂的骨頭已經突出皮膚之後作罷。我平躺在地，掙扎喘息，感覺貼地的臉頰一片潮濕。我很希望那是因爲地上的積水。

馬路對面傳來車門開啓聲，接著是一陣急促的腳步聲，保羅隨即衝到我的身邊。他雙手平置於我的背部，正要施展醫療神蹟時，身體突然向後竄出，摔倒在人行道上。我吃力地轉頭，只見兩名天使好端端地站在保羅面前。

「約翰，」其中一名天使說道。「我要啓示錄之心。」

「烏列爾，」保羅擦拭嘴角的鮮血。「我不想給你。」

烏列爾側頭凝視著他，接著緩緩轉向我，提步向我走來。旁邊的拉斐爾說：「我們並不喜歡拷問威脅。」

烏列爾站在我面前：「不過在天界之敵面前，我們也不在意。」

我努力轉動眼珠，看著烏列爾道：「喂……你們是天使呀。」

「哈。」烏列爾嘴角上揚，冷冷笑道：「或許我是一個壞天使。或許你會懷疑像我這樣的天使爲什麼沒有跟隨路西法一同墮落。讓我告訴你，因爲我信仰堅貞，不曾迷途。因爲我是必要之惡，是上帝的執法者。」

「你很愛聽自己的聲音，是吧？」我問。

烏列爾提起大腳放在我腦袋上，轉頭面對保羅。「不交出啓示錄之心，我就踩扁他。」

保羅神色遲疑，欲言又止。

「嗯……」烏列爾抬起大腳，「我先輕輕踩一下，說不定還踩不死。」說完對準我的腦袋狠狠踩下。

我感覺他的鞋底掀起一陣巨風，在我耳邊形成強大的壓力。接著四面八方發出一聲轟然巨響，轉瞬間萬籟俱寂。

我緊閉雙眼，等待天使之腳踩上我的腦袋，但是這一腳始終沒有踏下。我緩緩張開雙眼，發現眼前有顆碎石停留在半空中。我努力抬頭，只見烏列爾的鞋底凝止在我頭頂上十公分處。世界停止轉動了，時間停止流逝了，觸目所及，只剩下我和保羅兩兩相望。

難道是保羅所為？我面露詢問的神色，但保羅滿臉茫然。

「是我。」一個陰森森的聲音說道。

我和保羅同時轉頭，只見馬路對面，保羅的車後門緩緩開啓，走下一個身穿大外套的男人身影。對方穿越馬路，來到近處，就著我們這邊的街燈一看，正是傳說中的基督大敵，馬爾斯．阿布。

「你……」保羅神色訝異。

阿布朝他點頭示意。「保羅．安德森。我被你監視了一輩子，直到今天才了解原因。只能說，眞想不到。」

保羅張嘴欲言，但是阿布揮手制止。「我不能永遠箝制他們，所以閒話不多說。天使我可以負責打發，但是之後我也需要你們的幫忙。」

我問：「幫什麼忙？」

保羅自地上爬起，大聲說道：「你想跟基督大敵交易？」

阿布搖頭：「我沒有要簽訂合約，只是相信兩位一句話。只要你們同意，我就動手。

至於我需要的幫助……」他目光轉回到我身上：「我要你們幫我對付惡魔阿拉斯特和他的同

黨。」

保羅走到我身邊，扶我站起，然後將我的手搭在他的肩膀上。他和我互看一眼，接著轉向基督大敵。「暫時同意。但是之後你必須向我們解釋原因，在弄清楚來龍去脈之前，我們不會幫你做任何事。」

阿布點頭，揮手道：「走吧。」

保羅頭也不回，攙扶著我朝街尾離去。空氣開始流動，塵埃開始翻飛，身後傳來天使訝異的吼叫，接著是驚人的打鬥聲響。我聽見石牆碎裂，汽車爆炸，一陣陣熱風自背後來襲，壓得我們幾乎喘不過氣。保羅打破路邊一輛汽車的車窗，拉開門鎖，把我放入乘客座，然後接線通電，發動引擎。片刻過後，我們駛出兩條街外，遠離打鬥聲響。他將車子暫停路邊，對我施展醫療神蹟。

「你被打得很慘。」保羅幫我繫好安全帶，再度駕車上路。「暫時不宜行動。」

我全身劇痛稍緩，苦笑問道：「我可以讓你們這樣一直醫了又傷，傷了又醫嗎？」

「可以是可以，但是對身體沒好處。」他說。「下次最好不要被人打成這樣。」

「你以爲我喜歡？」我看看窗外街道，伸手觸摸腫起的嘴唇。「我們要去哪裡？」

「去我在長島的藏身處。」

我皺起眉頭。「太遠了吧？加百列還沒露臉，你不怕他追過來？」

「你有更好的提議嗎？」

我想了一想。「去市立醫院。」

「掛急診？」

「不是。」我搖頭。「我們去找瑪莉。」

保羅揚起眉毛。「你想要依靠她的運氣躲避天使追殺？」

「聽起來很絕望嗎？」我看著他問。

「有一點，不過或許可行。」保羅說。「但是難道你不怕這樣做會讓她身陷危險？」

「怕。」我點頭。「但我不認為她能置身事外，所有事情都自她脫離筆世界開始的。不管天堂或地獄，一旦哪方勢力開始質疑她當初能夠離開筆世界的理由，進而調查她的特別之處，她的麻煩可就大了。我想盡快與她會合，她和我們在一起比較安全。」

「安全？」保羅搖頭。「你一定是在開玩笑。」

我們改變方向，朝市立醫院前進。我打了通電話給瑪莉，不過她沒接。

「夜深了，她睡了。」保羅說。

我皺起眉頭，並不答話，只希望她是眞的睡了。我撫摸腫脹的嘴唇，嘆氣說道：「我覺得我像電影裡的雜碎，讓人這樣打了又打，打了再打。」

「很無力？」

「你不知道有多無力。」

他轉頭看我一眼。「讓你很想重臨筆世界？逃避現實到那個英雄無敵的地方？」

我瞪他一眼，搖頭說道：「我去筆世界不是爲了逃避現實。」

「不是嗎？」

我轉向另一邊，看著窗外冷清的街景。「不管在筆世界還是現實世界，我都很少被人打得這麼慘，更別提一個晚上被連打三次。」

「那倒是。」保羅說。「但至少你現在比較了解爲了逃避現實而沉迷筆世界的人是什麼樣的心態了。」

「在現實裡不順遂，大可以躲到筆世界去尋找滿足。」我說。

保羅點頭。「又或許是……在筆世界裡太順遂，回到現實中反而感到失落。」

我的目光離開車窗，回過頭去看他。「爲什麼講到這個？」

「因爲這是筆世界最初的意義。」他說。「製造一個讓不願意面對現實世界的人可以逃避的地方。因爲有些人生起落太大，有些權力無法放下；有些東西不能失去，失去了，就會令人無所適從。」

我思考他話中的深意，緩緩問道：「你剛剛說……女神是諸神？」

「遭受世人遺忘的諸神。」保羅說。「他們是希臘眾神、羅馬眾神、北歐眾神、凱爾特神靈、中國的盤古、印度的濕婆，所有曾存於世，深受世人膜拜，如今卻遭人遺忘的神明。他們擁有強大的力量，也有強大的怨念與失落。他們可以繼續存在於現實，但卻不知道該如何面對現實。他們需要一個可以逃避的地方，一個可以重溫往日榮光的地方，藉以抒發他們的不平，宣洩他們的力量。」

「他們沒有遭人遺忘，中國的神話依然留存，濕婆的信徒依然虔誠……」

「他們失去了權柄。」保羅語氣堅定地說。「他們在角逐眞神的競賽中落後，終於敗給了唯一眞神。」

我不了解。「每個文化都有各自的神話、各自信仰的眞神。當初耶和華也不過是個少數民族信仰的小神，在文明開化漫長的過程裡根本微不足道。沒錯，後來信仰他的人越來越多，終於成爲世界上最龐大的宗教勢力。但難道因爲其人多勢眾，就可以讓其他文化的神都變得不是神嗎？」

「這是一個宇宙定律。」

「什麼定律？」

「演化的定律。」保羅說。「以生命開始的過程來講，億萬精蟲角逐一顆卵子，當第一隻精蟲進入卵子後，其他精蟲就此失去成爲生命的機會。以地球上的生命來講，億萬生命角逐高等生物的地位，當人類取得優勢、打開文明大門時，同時也關閉了演化的大門，世界上其他生命再也沒有機會成爲主宰地球的生物。在演化上，『絕對的唯一』就是確保一切不會失序的關鍵條件。不管是不是基於人多勢眾這個原因，總之，當耶和華取得唯一眞神的資格後，其他文化的諸神就只能夠乖乖地走入歷史洪流，變成教科書裡的名字、考古學家的課題、地球過去的回憶。就算依然有信徒膜拜、依然有聖徒可以透過他們的神明取得一定程度的神蹟，那些神明往日的榮光都已不再。他們從一個文明的主神變成整個世界的次等神。他們失去了權柄。他們懷念過去。」

「怎麼會?」我神色疑惑。「他們怎麼會自動步入歷史的洪流?」

「信徒減少當然是最大的因素。」保羅說。「有些是因爲文明毀滅，或是在歷史上的重要性大不如前。比方說希臘眾神，在羅馬帝國興起後，幾乎等於是整批神明被羅馬接收了過去，換個名字再出發。這些神至今依然在神話故事裡扮演重要的地位，但已經沒人去他們的神廟獻祭。就算眾神的神廟還在，如今也只是觀光景點罷了。」

「有些是被外來宗教取代。所謂的外來宗教，當然以天主教和基督教爲大宗。上帝的使徒憑藉強大的信念下鄉傳教，使《聖經》的教誨深植人心，逐漸取代各國其他宗教。」

「還有十字軍。」我說。

「沒錯，還有以軍事力量侵略他國、強迫對方接受自己的宗教。宗教戰爭、宗教革命，一切與宗教有關的流血行爲雖然傷害了教會的形象，但同時也促進了教會改革，進一步鞏固了上帝的地位。」保羅說。「但是還有一種對付舊有信仰的手段非常容易導致神明心懷怨懟，那就是將既有文化的神明妖魔化。」

我揚眉詢問：「比如說?」

「比如說亞瑟王傳說裡的大反派摩根拉菲。」保羅道。「摩根拉菲在早期鄉野傳奇裡其實形象十分正面。一說她是精靈女王；一說她是亞法隆島上九名具有醫療神力的女祭司之一；一說她是湖中仙女；威爾斯神話裡說她是女神莫爾丹的化身；凱爾特神話則稱她是女神莫利根。後來西篤會的修士為了貶低女性地位，消彌異教神祇，開始在亞瑟王傳奇故事上動手腳。其後《圓桌武士》的作者也為了宗教理由而順從西篤會的做法，慢慢將一個形象聖潔的異教女神妖魔化為無惡不作的女巫，法師梅林的宿敵，導致亞瑟王殞落的元凶。女神失去了崇高的地位，變成心地怨毒的小人，只因為新近宗教裡有教士散布謊言。這種情況下，你教她如何甘心？如何不怒？」

我心中一動，問道：「保羅，在十六世紀的深山中，威廉．莎士比亞到底遇到了誰？莎翁之筆究竟是誰給你的？」

「當然是摩根拉菲。」保羅微笑：「在英國的深山中遇上魔法高強的神祕人物，你還能期待會是其他人嗎？」接著他正色說道：「你要問我女神的本質，我會告訴你是被世界遺忘的諸神。但是你問我她在我眼中是什麼形象，我會告訴你她是摩根拉菲。」

ch.7 魔鬼他本人

「當年我形跡敗露，爲了躲避天使追捕而躲入深山。我流亡的日子過多了，在山裡餐風露宿，倒也不放在心上。當時外面風聲很緊，所以我打算躲遠一點，找個隱密之處隱居幾年再出來。不過入山還沒幾天，我就被一班狼群盯上。」保羅邊開車邊說。「我被牠們逼得急了，想動手解決牠們，不過有人搶先出手相救，救我的人就是摩根拉菲。」

「她相貌美艷、氣質脫俗，神情優雅中隱現些許狂野，給人一種神聖不可侵犯感，偏偏卻又撩人心弦讓人渴望一親芳澤。當時我入世已久，也不自視爲神職人員，心中有凡塵慾念也很自然，但說到底，她還是我漫長歲月中第一個想要擁有的女人。」

「她是怎麼救你的？」我問。

「她彷彿突然路過般，漫不經心地自樹林中踏土而來。她走到我面前，與狼群自在地玩耍，然後客客氣氣地請狼群離去。十幾匹狼就這麼聽話地走了。她回過頭來，輕輕一笑，請我小心保重後，便轉身要走。我請她留步，問她是誰。她沒有隱瞞，說自己是摩根拉菲。

我問她爲什麼要躲在深山中，她反問我爲什麼要躲入深山裡。我一時難以回答，她見天色已晚，便邀請我回家過夜。」

「過夜？」我揚眉詢問。

保羅深吸口氣。「不是你想的那樣。」

「喔。」我沒有多加評論。

「我們情投意合。」保羅說。片刻後，又道：「至少我以爲我們情投意合。相處一段時間後，我終於毫無保留地信任了她，對她說出我的眞實身分。她聽完後，並不做作，直言不諱地告訴我她一開始就知道我是什麼人。她只是想知道我什麼時候才會坦言相告。」

「坦言相告之後呢？」

「之後她請我幫忙。」保羅說。「她告訴我諸神需要宣洩力量。她說他們已經聯合諸神的力量，創造出一個可以永久居留的空間。問題在於，他們沒辦法保證該空間的穩定。他們不確定在長期宣洩神力下，那個世界會不會分崩離析，進而對眞實世界造成重大影響。說到底，他們失去了成爲眞神的關鍵力量，也就是創造的力量。他們所創造出來的空間是個虛假的空間，少了創造力量，隨時都有崩壞的可能。」

我揚起眉毛：「而你能幫助他們是因爲……？」

「因爲我擁有上帝的力量。」保羅說。

我大口吸氣，緩緩問道：「啓示錄之心？」

保羅點頭。

「你把啓示錄之心交給女神了？」

「沒有。」保羅搖頭。「我借他們一點力量，打造出一把足以開創虛幻世界的法器。」

「莎翁之筆。」

「我當然不會把啓示錄之心交給他們。也不可能完全順他們的意，讓他們在自我開創的空間裡爲所欲爲。拋開邪惡神祇不談，光是傳統上視爲善良的神祇，他們也各自有各自的想法和個性，有他們的野心和抱負，就算摩根能夠統籌他們的力量，也不可能完全掌握他們的心思。我想要幫助他們，但是就連摩根也不能向我保證不會有哪個神祇濫用啓示錄之心的力量。在考慮一年後，摩根和我終於想出了一個折衷的辦法。」

「莎翁之筆。」我重複道。

「莎翁之筆以啓示錄之心的力量爲核心，能夠取用諸神的神力，開創幾可亂眞的想像世界。在筆世界裡，人類的想像力才是主導一切的關鍵。諸神可以按照創作者設定的規矩遊走其中，但是不能直接以神力干涉筆世界的運作。如此，一方面可以宣洩過剩的神力，一方面也可以防止他們在筆世界裡作威作福，甚至凝聚力量，圖謀眞實世界。」

「但是……」我心裡有很多「但是」，一時很難把這些疑問凝聚成主要的問題。「但是你爲什麼想要幫助他們？」

「原因很多。」保羅回答。「他們本來都有可能成爲眞神，只是他們失敗了。摩根提出的理由也令我信服，如果諸神的神力不能得到適當發洩，很可能會對世界造成威脅；或是諸神心懷怨懟，起心反撲，會發生什麼，誰也無法預料。必要時，天界可以派遣天使殲滅所有神祇，但不管有沒有能力影響世界，諸神的存在都有其價值。不論是否爲事實，你都可以告訴世人世界上只有耶和華才是眞神，但是你不能強迫所有人相信，強迫他們放棄自己選擇的信仰。因爲這是自由意志的表現，你可以……」

我揮手打斷他。「你在喃喃自語。」

保羅眨眼看我。

「告訴我最主要的原因，你爲什麼想要幫助諸神？」

保羅沉默不語，駛出一條街口後，終於嘆口氣，說道：「因爲偉大的先知，我的老師，耶穌基督，並沒有出面告訴我該怎麼做。」

我皺眉。「你做什麼事都要他告訴你嗎？」

「當然不是。」保羅搖頭。「然而那是我流亡一千多年以來最徬徨無助的一刻，最渴望指引的一刻，但先知還是沒有告訴我該怎麼做……事實上，他已經很久沒有指引我了……那種感覺就像是……他消失了一樣……」

我轉頭凝視他，凝視了很長一段時間。「你不會要說你失去信仰了吧？」

「我曾見過超乎想像的美景，踏入凡人無法接觸的境地，親手施展感動人心的神蹟。我知道我信仰的是什麼，並且永遠不會失去。」他停了一會兒，繼續說道：「你難道不覺得奇怪，爲什麼米迦勒一失蹤，加百列他們就像無頭蒼蠅般，做什麼都亂七八糟？難道直屬長官不見了，他們不能去找更大的老闆嗎？」

我側頭看他，神色疑惑。

「自從基督復活升天後，你還有聽過他們兩父子的任何事蹟嗎？」

我搖頭。「世界上任何神話都一樣，傳說到了一定的階段就沒有下文了。畢竟這種宗教典籍不能隨著時代肆意創作，不是嗎？」

保羅轉頭看我，沒有答話。

我緩緩搖頭。「他們消失了？」

「或許他們是在用間接神祕的方式影響世界。」保羅回過頭看著道路。「但不管是聖徒、教宗還是天使，兩千年來都沒有人能與上帝父子直接接觸。我告訴自己，這是因爲上帝認爲人類已成熟到可以左右自己的命運，不再需要天界勢力介入的緣故，但說眞的，我總難以拋開心裡那種……遭神遺棄的感覺。」

「就連天使也無法知悉上帝的旨意？」我問。

「一般相信米迦勒可以，但是他失蹤了。」保羅說。「不過他是天使之長，如果說他爲了撫慰人心而如此謊稱的話也不是什麼難以理解的事情。」

我們相對不語。片刻後，我問：「所以你因爲基督沒有詔示旨意，便決定幫助諸神？」

「我不能老是讓老師幫我的決定背書，人類不能老是聽神的旨意做事。基督的意思昭然若揭：人類是自己的主人，應該憑藉自己的判斷做事。所以我決定幫助諸神。」

「你該知道……」我緩緩說道：「摩根拉菲只是在利用你？」

保羅語氣冰冷。「我做我該做的決定，取悅她並非主要原因。」

車子轉了個彎，市立醫院就在三條街口外。

「啓示錄之心究竟在哪裡？」我問。「如果你不介意告訴我的話。」

「在我心裡。」保羅回答。

我愣愣地看著他。

「藏在我心裡。」保羅重複。「取出它唯一的辦法，就是挖出我的心臟。但這麼做就表示我會在啓示錄災難發生之前死去，就不能應驗啓示錄災難會在我有生之年發生的預……」

保羅突然住口，我也同時警覺，因爲我們都在車頭燈照射的地面上看見了一道黑影一閃而過。一道擁有羽翼的黑影。

「加速。」我說。「快到醫院了。加速！」

只聽見砰地一聲巨響，擋風玻璃前出現兩條人腿，在引擎蓋上踏出兩道凹痕。我湊上前側頭一看，只見加百列站在我們車上。

保羅踩足油門，車子瞬間加速，但天使始終穩穩站在車頭。我頭上車頂突然喀嚓一聲，爆出十個小洞，冒出十根手指，接著在一陣金屬扭曲斷裂的刺耳聲中，我們的車頂被人整個掀起，丟在路邊。加百列低頭對著我們冷笑。保羅專心開車。我斜嘴回應天使的笑容。

加百列猛彎腰，雙手抓住我的衣領，將我抬起，說道：「這次你們絕對跑不掉了。」

我雙手一伸，抓住他的衣領，就著安全帶的阻力將他向下扯來。「那好，反正我也不喜歡跑。」

接下來是一陣猛烈的撞擊。我和保羅面前瞬間爆出安全氣囊，撞得我的胸口疼痛不已。加百列向前疾衝而出，撞斷路燈、長凳，最後重重撞上醫院的外牆。

我摸出手槍，打爆我和保羅的安全氣囊。車體變形，車門推不開，不過由於車頂已經沒了，所以我們分從左右爬出車外。落地後，我們搓揉胸口，邊目瞪口呆地看向車頭。引擎蓋與其下的引擎機械完全擠壓成一團廢鐵，顯然受到極爲嚴重的撞擊，但前方路面卻空無一物，完全看不出是撞上了什麼。

我轉頭露出詢問之色。保羅搖頭說道：「不知道，在我看來像是撞上空氣。」

前方傳來瓦礫聲響。加百列自地上爬起，拍拍身上的灰塵，神情微顯困惑，接著沉眉抬頭，朝我們邁步走來。

我吸口氣，迎上前去，不過只走出一步，便被保羅拉了回來。

「不要輕舉妄動，先看看情況再說。」

走出數步後，加百列停下腳步，東張西望，接著側起腦袋，似乎在聽只有他才能聽見的聲響。片刻過後，突然慘叫一聲，雙手抱頭，摀住耳朵。

我聽見一陣骨碎聲響，看見他背部突然弓起，大外套上滲出大片血跡，接著胸口一挺，胸骨連帶肋骨如同紅花綻放般向外爆出，將襯衫鈕扣全部震碎。他持續慘叫，身體騰空而起，四肢與軀幹連接處滲血，接著同時離體而去。他鮮血淋漓的軀幹與頭顱墜落地面，卻沒倒下。這時他的慘叫聲已經變成快被自己鮮血嗆死的呼嚕聲。最後他七孔流血，顏面皮膚融化，血肉乾枯，變成了枯骨，癱倒在地。直到此時，附著在他顱骨上的一道白光才終於離體飛升，直奔天堂。

我和保羅目瞪口呆，面面相覷。數秒後，我了解到加百列的肉身死狀淒慘，必將引人注目，於是轉頭四下張望。沒人，偌大的街道上一個人都沒有。

街燈依然明亮，卻籠罩著一股沉悶的朦朧氣息。醫院燈火通明，卻沒有任何人。此刻時近黎明，紐約街頭雖不致繁忙喧囂，但也不該空無一人。一陣冷風吹來，捲起地上一張報紙飛竄，我感到背上的寒毛一根接著一根地豎了起來。

我伸手指向天使殘軀。「是基督大敵幹的？還是……接近瑪莉的下場？」

保羅緩緩轉頭，向我看來。我在他眼中看出一絲極度驚恐的氣息。「不是他們，他們再可怕也不可能把加百列搞成這樣。」

「你怎麼知道？」

「因爲加百列是天使中的第二把交椅。」保羅說道。「世界上只有兩個實體可以把他的肉身……碎屍萬段。」

我揚眉詢問。

「米迦勒，或是……」保羅稍停片刻，似乎是在呑嚥口水。「或是魔鬼本人。」

「愛蓮娜，醫院裡的情況怎麼樣？」我摸著耳機問道。「愛蓮娜？」

「失聯了？」保羅問。

我點頭。

「不意外。」他環顧醫院正面。「就算沒有失聯也不會有多大用處，我相信此刻醫院附近所有對外聯繫通通都已斷絕。」他回頭指向我們爛成一團的車頭，揮手一比。「範圍大概就從撞車的那道無形力場算起。」

我看看車頭，看看牆邊的屍體，再看看醫院大門，然後舉步就走。保羅遲疑片刻，跟了上來，在我身旁問道：「你就這麼進去？」

「瑪莉和蘇珊都在裡面，我非進去不可。」

「但是……」保羅指向加百列的屍體。「我們連加百列都對付不了，你難道不怕嗎？」

「怕呀。但是站在我的角度來看，面對加百列我對付不了，面對把加百列粉身碎骨的傢伙我還是對付不了。對方是加百列或是更可怕的人物，對我來講是沒有差別的。」

我們來到醫院的玻璃大門前。大門自動開啓，我看見地板上躺了好幾個人，櫃台後方的行政人員也一樣，趴在櫃台上動也不動。「我要進去了。你要來嗎？」我問。

「要。」

步入醫院後，我走到附近一名躺在地上的病患面前蹲下，伸手測量他的脈搏。平穩有力，沒有大礙，應該只是陷入昏迷。我抬起頭，看到保羅站在櫃台後方，對我輕輕點頭，行政人員也沒事。我們迅速檢查一遍，入口大廳並沒有掙扎或打鬥的跡象，所有人彷彿前一刻還在做自己的事，下一刻便突然昏迷。保羅輕輕操作櫃台後的電腦，我退到櫃台前，持槍警戒兩邊通道。雖然過去數小時槍枝幾乎都沒派上用場，但拿著總比兩手空空更令我心安。眞不知道我到底還要繼續窩囊多久……

保羅抬起頭。「蘇珊的病房在六樓，六一三六號房。」只聽到「叮咚」一聲，一旁電梯抵達一樓，大門自動開啓。我疾轉槍頭，指向電梯，但空無一人。不知道是不是錯覺，我彷彿看見電梯裡緩緩洩出如同流體般的火苗。

「有人在歡迎我們。」我說。

「我怎麼看……」保羅指向電梯。「都覺得那是通往死亡的大門。」

「杯裡的水是半滿，不是半空。」我朝電梯走去。「你的問題在於看待事情的角度太過負面了。」

「你正面。」保羅跟上。「你是一個快樂的硬漢。」

我們進入電梯後，電梯門立即關上。我正要按下六樓的按鍵時，它卻自動亮起。電梯開始上升，我們面門而立，看著代表樓層的數字跳動。

「當聖人是什麼感覺？」我找話說。

「很神聖。」保羅回答。

「叮咚」。電梯到了。

我們步出電梯，來到護理站前。三名護士睡倒在椅子上。一旁的護理用具凌亂不堪，似乎剛被人翻過。兩旁走道燈光明亮，右邊走廊盡頭傳來金屬撞擊聲及一陣女子的口哨聲，吹的是巴哈D小調觸技曲與賦格曲，非常符合恐怖醫院的氣氛。

我和保羅朝右方走去，越走越熱，天花板上燈光閃爍，我們的眼角不時浮現游絲和烈焰的幻覺。我和保羅越走越近，來到發出聲音的病房外時，已形成肩並肩的狀態。我們轉頭互看一眼，發現兩人的距離實在太近，於是同時往旁退開一步。

我槍口平舉，伸出左手貼門，使勁一推。

沉重的房門緩緩開啓，發出一陣尖銳的吱吱聲響。

病房不大不小，正常情況下應該是四張病床，不過如今擠了八張，每張床上各躺著一名昏迷不醒的病人，有男有女、有老有少。病房中央停放一輛金屬推車，車上放滿醫療器具。一個醫生打扮的女人站在推車旁，一手拿著針筒，一手挑選注射藥劑。聽見我們進來，她停止口哨，輕輕抬頭對著我們面露微笑，說道：「傑克，保羅，歡迎光臨我的小診所。」

我和保羅面面相覷，這才認出她是瑪莉。

「瑪……瑪莉，妳在做什麼？」我結巴問道。

她插入針頭，抽取藥劑，一邊走到一名瘦巴巴的男性病患身旁，一邊說道：「看不出來嗎？我在扮演醫生呀。」說完一針對準對方喉嚨插下去。

我和保羅同時倒抽一口涼氣。「妳……妳給他打了什麼？」

瑪莉拔出針頭，放下針筒，自口袋取出筆燈，翻開病患眼瞼，觀察瞳孔反應。「重度躁鬱患者，施打五毫克快樂。」

她放開病患眼瞼，似乎心滿意足。接著轉向旁邊的病患，掛上聽診器聽他的心跳。

「瑪莉……妳到底……」

我話沒說完，她揚起一手阻止我繼續說下去。她再度吹起口哨，神態自若地走到推車旁，打開另一支針筒，抽出另一瓶注射劑朝病患走去，拉開病患上衣，自口袋取出口紅，在對方胸口偏左處畫個大叉，接著反握針筒，對準大叉狠狠插下。

我和保羅同時露出吃痛的表情。

「高血壓冠心病，五毫克寧靜。」

「瑪莉！」我大聲叫道。

瑪莉豎起食指，抵在嘴前。「噓……別吵，傑克，還沒輪到你呢。」

「我要插隊！」我說。

左邊突然傳來一陣持續的尖銳「嗶」聲。我們轉頭一看，只見一名年長病患床邊的儀器正顯示著他的心跳停止。瑪莉吹著口哨走去，扯開病人上衣，雙手貼到病患胸口，掌心突然冒出電光。只聽見啪嚓一聲，病患身體一挺，嗶聲當即停止，再度慢慢變回了穩定的跳動聲。瑪莉將上衣蓋回病患胸口，摸摸對方的腹部，嘴角上揚，說道：「肺癌末期，菸抽多了。」她拿起床腳旁的病歷，皺起眉頭。「本來不想救的，念在你是萬寶路執行長的份上，認了吧。」她湊到老人嘴前，伸手捏著自己鼻子，然後大口吸氣。只見老人嘴裡噴出一道黑煙，盡數竄入瑪莉口中。

我感到胃部翻滾，一股噁心的液體湧入喉嚨。

瑪莉仰頭閉眼，神色愉悅。「通體舒暢啊。」

「瑪莉！」我邁步前進，立刻被保羅擋了下來。

「她不是瑪莉，你看不出來嗎？」

我當然看得出來，但我不知道該如何反應。我愣愣地看著他倆，呼吸越來越急促。

瑪莉轉頭面對保羅，微笑甜美。「喔？你認得出我？我還以爲你認不出來了。」

「見過你的人絕不可能忘記你的那股臭氣。」保羅神色嚴厲，但目光中始終難掩驚懼。

「路西法。」

「約翰。」瑪莉側頭凝望。「長年壓抑驚恐，重度自責內疚，你需要五毫克救贖。」她轉向推車，但轉到一半，突然醒悟，回頭道：「我忘了，救贖必須自發，無法依靠藥物。你得靠自己了。」

「你把瑪莉怎麼了？」我喝道。

「傑克。」瑪莉張開嘴巴，露出潔白的牙齒。我第一次覺得她的牙齒會咬人。「貌似重度失憶，其實根本沒有記憶。你需要的是二十一公克的靈魂。」她兩手一攤。「靈魂是不能取代的。你必須自己找回來。」

我一時無言以對。過了數秒，說道：「我當傑克．威廉斯就很充實了，不需要什麼過去的記憶。」

「難道你今天沒有無力感嗎？不會覺得自己窩囊嗎？」瑪莉問。「不想繼續被人打嗎？如有以上現象，那你最好找回你自己的靈魂。」

我皺眉。「你……知道我過去是誰？」

瑪莉微笑搖頭。「我有點概念，但其中還有我想不透的地方。」

我看著她，看著我的女友，我的瑪莉，問出我很不想問的問題。「妳眞的是路西法？」

她微微鞠躬。「如假包換。」

我感到膝蓋痠軟，身形搖晃。保羅伸手扶我，不過我立刻站穩腳步。「你把瑪莉怎麼了？爲什麼要附在她的身上？你到底在這裡做什麼？你……你……你……」

「問呀。」路西法笑道。「把你心裡最想問的問題問出來。」

我深吸口氣，問道：「你從什麼時候開始附上她的身體？」

「問得好，勇氣可嘉。」路西法點頭表示嘉許。「從你們自筆世界回來之後。」

一堆嘔吐物湧入嘴中，被我硬生生呑了回去。我不想在魔鬼面前示弱，但我眞的無法克制心中那股噁心的感覺。

「瑪莉怎麼了？」我努力擠出這句話。

「她還是她。」路西法以安撫式的語調說道。「直到今晚爲止，她都沒有發現我的存在。我一直躲在她的腦後，以神祕的方式影響她的行爲。」

「爲什麼？」我問。「爲什麼你要附在她身上？」

「問錯問題了。」保羅突然道。「問題在於爲什麼他能附在她身上？」

路西法指著保羅點頭。「約翰問得對，問題在於爲什麼我能。」

我神色迷惑，目光在他倆之間游移。保羅開口。「魔鬼是不附身的，附身是惡魔在做的事。魔鬼自重身分，始終待在地獄裡，從不肆意遊走人間。他會派遣手下進入人世興風作浪，本身只會以冥冥之中的神祕力量影響人心，不會直接干涉世事。他自認與上帝平起平坐，上帝不做的事，他也不屑做。」他停了停，繼續說道：「至少，這是他對外公開宣稱的理由。」

「眞正的理由呢？」我問。

「是呀，約翰，眞正的理由是什麼？」路西法一副彷彿在討論別人的語調問道。

「眞正的理由在於，路西法的靈體太過強大，凡間的肉體根本無法供他附身。理論上，每隔千年才會出現一具可供魔鬼附身的肉體，但事實上，所謂的千禧年只是個象徵，意指很長一段時間。在我漫長的人生中，從未見過路西法附在凡人身上降臨世間。」

「那你是在哪裡見過他？」我問。

「地獄。」他答。

「你去過？」

「一言難盡。」

「其實很久以前，我可以附在凡人身上。」路西法說。「米迦勒也可以。因爲那個時候我們都分享了上帝的力量，用以創世的力量。但在上帝成爲世上唯一眞神後，我們就像所有諸神般，失去了那股力量。如你所說，我的靈體太過強大，附身人體會迅速搾乾對方的生命，如果沒有生生不息的創造力量在肉身中不斷滋長生命，宿主會在附身的同時瞬間死去。」

「那你爲什麼能附在瑪莉身上？」

路西法深深吸了一大口氣，神色間透露些許無奈。「我的力量是絕對的。絕對的邪惡、絕對的黑暗、絕對的苦難。告訴你們一個祕密，可別跟別人說。其實世人對我有所誤解，認定我生於天地間的目的就是爲了毀滅人世。錯了，我的存在從來不是爲此，我代表的是邪惡，是黑暗；正如上帝代表了良善、光明。人世乃是光明與黑暗的混合體，不能沒有光與暗，少了其中一樣，宇宙就會失衡。」他對我比了比。「這是所謂的萬物二元性，就像你上次遇到的反物質事件一樣。處於物質世界的反物質本身具有毀滅的力量，但一旦反物質不復存在，宇宙終將面臨毀滅的命運。」

我眉頭緊皺，滿臉懷疑地看著他。

「魔鬼的邪惡並不在於我的所作所為，而是一種象徵意義。說到底，我本身就是宇宙定律的一部分。其實我也很無奈。我也想沒事離開地獄，換個環境散散心，但規矩如此，不行就是不行。我不像你們人類一樣，擁有上帝賜予的無上美禮：自由意志。想來就來，想去就去，儘管必須承擔後果，但至少是自己的選擇。我不一樣，沒得選擇自己的信仰，生下來就必須崇拜撒旦。誰教我是撒旦本人？」他說完竊笑兩聲，顯然說了個我們都聽不出笑點的冷笑話。

「這和瑪莉有什麼關係？」我問。

「瑪莉是關鍵，傑克。」路西法說道。「不管是你們、天使，還是我那些手下，所有人都弄錯了這個關鍵。你們都只想到瑪莉．康芒離開筆世界，附身在莎莉．葛雷特的身上，代表莎翁之筆所創造出來的筆世界終於發展出創世力量、真神的力量。但你們都沒去深思為什麼會是她？瑪莉．康芒到底有什麼地方如此特別，能成為第一個離開筆世界的虛構人物？」

「爲什麼？」我和保羅齊聲問道。

「我代表毀滅，卻又懷念創造。所以一直以來，我都在默默注意人間屬於創造的跡象。莎莉．葛雷特出生沒多久，我就注意到她了。她的體內擁有類似創造的力量，很微妙、捉摸不定，但值得我持續追蹤。」他說到這裡，滿臉期待地看著我們，見我們一副困惑無比的樣子，只好繼續說道：「瑪莉．康芒並不是從她離開筆世界的那刻起才變得特殊，她生下來就註定要離開筆世界。」

我和保羅越聽越糊塗，只能對看一眼，伸手搔頭。

路西法輕嘆一聲，直接解釋：「莎莉．葛雷特和瑪莉．康芒打從最初就是同一人。只是一出生靈肉就遭受分離。肉體出現在眞實世界，成爲莎莉．葛雷特，靈魂則一直存在於筆世界，直到莎莉．葛雷特成爲莎翁之筆的主人，用以創作世界之後，才終於化身爲她筆下的虛構人物，展開日後突破世界界限的關鍵過程。」他面露讚歎的神色。「一切一切都在女神的算計中，你眼前的瑪莉．康芒，只是她在許久前布下的一顆棋子。」

我和保羅無言以對。過了一會兒，我問：「她到底是什麼人？爲什麼這麼特殊？」

路西法微微聳肩：「我並非無所不知。」

我看著我的女友，心中五味雜陳，目光慢慢自她臉上滑落到左方一張病床。床上躺著的是蘇珊．葛林。

路西法順著我的目光走到床旁，伸手觸摸蘇珊的臉頰。我想阻止他，但心裡卻十分肯定他不會傷害她。

「驚嚇過度，傷心欲絕。長期相思之苦，需要一劑解心結。」路西法說完，自推車上取出一支早已裝塡藥劑的針筒，在蘇珊的左臂上打了一針。「心結一解，她就自由了。」

保羅問道：「你眞的是在治療他們？」

「是呀。」

「爲什麼？他們曾與你簽訂合約嗎？」

「沒有。」路西法搖頭。「當我附身在這具身體上時，我就想做這件事。」

「救人？」

「救人只是表面。」路西法微笑。「我附身後，終於明白我在莎莉．葛雷特身上感應到的是什麼。我會想做這些事，是出於那股力量的驅使。當然，我不會因爲它驅使我做而做，我只是認爲既然都已經借用肉身行走人間了，順著它的意思也沒什麼。」

「我聽不明白。」保羅說。

「這些都是將死之人，或是活著也與行屍走肉沒兩樣的人。不管他們一生是善是惡，此後都不可能再繼續下去了。」路西法解釋道。「至少在今晚之前，他們的命數已定，對整個世界的影響微乎其微。但是如今我救活了他們，將他們帶回世界的舞台。他們將會打亂命運的計畫，再度呼風喚雨，改變世界。這就是莎莉．葛雷特體內所蘊涵的力量。」

保羅問：「不是創造的力量？」

路西法搖頭。「女神想要的並非創造的力量。擁有這力量，充其量也不過與耶和華平起平坐，未必能改變現狀。女神所追求的是超越宇宙秩序的力量，也就是渾沌的力量。」

「他們要破壞宇宙秩序……」保羅說。

「將一切重新洗牌。」路西法點頭。「唯有如此，他們才有機會推翻唯一眞神，再度回歸至高無上的地位。他們將會打亂演化的定律，破除絕對的唯一。他們寧願與所有神祇分享世界，也不要退居幕後，永遠沉寂。」

保羅額上冒出斗大汗滴。「渾沌已經開始蔓延了嗎？」

「如今筆世界混亂無序，某些比較強大的實體已開始踏足眞實世界。但渾沌眞的要吞噬秩序，女神必須親臨大地才行。」路西法轉頭看向保羅，神情首度轉爲嚴肅。「約翰，你當初與摩根訂約時，應該早已說好諸神必須待在筆世界裡，從此不能回歸現實，是吧？」

保羅一驚，問道：「你知道女神的身分？知道筆世界的眞相？」

「我本來並不清楚，但你剛在車上和傑克說話時，我在這裡都聽到了。」路西法微微一笑。「你有沒有要求他們不能回歸？」

「當然有。」保羅說。「有簽約效力在，他們不能輕易違背。」他一邊說，一邊開始搖頭。顯然情況並不如想像中樂觀。

「有漏洞可鑽？」路西法問。

「我們決定規則，簽訂合約。」保羅說。「爲求保險，合約不能離開筆世界，而簽約的筆不能離開眞實世界。」他大力搖頭。「但如今現實與虛幻界限模糊，他們有可能利用渾沌的力量扭曲規則……把合約帶出來或把筆帶進去，似乎都不是無法辦到的事……」

「讓我猜，莎翁之筆？」我說。

「我沒想到他們會掌握渾沌，」保羅神情懊悔。「當初這一切應該沒有問題才對。」

路西法笑嘻嘻地看著他。「我最喜歡看這種發現自己犯下難以彌補錯誤時的表情。」

我惡狠狠地瞪他一眼。他當然不以爲意。「去找莎翁之筆。找到之後該怎麼做，你們自己想辦法。我要回去了。」

「回哪裡？」

「地獄。」路西法說著伸手撫摸瑪莉的胸口。「這具身體裡擁有的是渾沌，而非創造。我如果繼續待下去，肉體將會枯萎。啊，差點忘了，」他看向我。「有事要跟你說。」

「什麼事？」

他臉上的神情似笑非笑。「你還記得我們做過幾次愛嗎？」

我很想把剛剛吞下去的嘔吐物通通噴到他臉上，偏偏他的臉是瑪莉的，看來從今以後我看瑪莉的眼光都會不同了。「誰算那個？」

「在一起半年，做過一百零八次。」路西法說道。「不管你喜不喜歡，不管是明喻還是暗喻，透過一百零八次做愛，你從各方面來講都是與我地位相等的伴侶。」他說完笑嘻嘻地看著我。

我沒意會過來。但是保羅顯然懂了。他向旁邊退出一步，神色訝異地凝視著我。

「這個世界上有誰堪稱與我地位相等？」

我揚眉：「上帝？」

「你太抬舉我了。」路西法搖頭。「你不會在任何宗教壁畫裡看見上帝大戰路西法，只會看到米迦勒大戰路西法。」路西法上前一步，伸手觸摸我的臉頰。「有趣的是，儘管我非常肯定你就是米迦勒，但你顯然並非米迦勒。」

「鬼扯！」我伸手想推開他的手，但是怎麼推也推不動。「我怎麼可能是米迦勒？」

「看看我，我又怎麼可能是路西法？」路西法說。「不要被表象迷惑。你必須看見自己內在的靈魂。」

「你說我缺少靈魂！」

「這確實是個問題，不是嗎？」路西法放下手掌，側頭看我。「詳情我看不透，但是不須絲毫懷疑，你肯定就是米迦勒。你只須找回自己的力量而已。」

保羅搖頭道：「但是米迦勒沒有辦法現身眞實世界！」

「或許這就是重點，或許這就是他無法擁有力量的原因。」路西法說著又比向自己。

「既然摩根拉菲都找到方法送了一具肉身進入眞實世界，天知道米迦勒會不會在筆世界找到方法爲自己打造一具肉身？」

「胡說八道。」

「放肆！」路西法嘴唇微張，但這聲「放肆」充滿權威，震得我腦袋嗡嗡作響。病房內突然火光四溢，我和保羅離地而起，如同墜入無止盡的深淵。我的心裡出現恐慌。今天數度遭受非自然力量迫害，但此刻我第一次打從心底慌了。我害怕，怕我就此墜入煉獄，永遠爬不回來。

「不管是不是米迦勒，我都不容許你質疑我的言語。」路西法語氣稍緩，病房內的火焰開始消散。「我是地獄之王，我不胡說八道。」

我膽戰心驚，竟不敢回嘴。直到此刻，我才徹底意識到自己站在誰的面前。

「我不在乎你怎麼做，總之你最好盡快取得力量。拯救世界是你的責任。我不樂見世界淪落渾沌境界，但我也並不特別在乎。做好你的工作，米迦勒，不要辜負天父對你的期望，不要辜負我對你的期望。」

我僵立原地，無言以對。

「最後，我打算送你臨別禮物。一個選擇。」路西法收回所有地獄氣勢，再度回歸瑪莉的模樣。「我可以就此離開，把瑪莉·康芒原封不動地還給你。當然，之後你能不能像從前一樣地看待她那是你的問題。或者，我可以在離去時消滅她，留下一具空軀殼或什麼都不留。我可以看見你內心的想法，知道你對她心懷恐懼。你不可能與她相守一世，但你又沒有膽量提分手。這是每個男人內心不敢說出的想法，我懂。不如讓我出手代勞，或許這樣做還可以封鎖筆世界與眞實世界之間的連結？天曉得。」

我難以相信自己的耳朵。「當然不要！」

「僞善。不能誠實面對自己的心，一輩子註定束手束腳。」路西法說。「留下她的軀體讓愛蓮娜佔據多好？你可以擁有美麗的人、美麗的心，不必擔心逆火反噬。這麼好的事，爲何不要？」

「因爲那是我的問題，不需要你多管閒事。」我說。

一段沉默之後，路西法揚眉詢問：「就這樣？沒有更好的理由了嗎？比方說生命是可貴的，不能輕易奪走，或你乃善良之人，不能昧著良心做事之類的？」

「沒有！」我說。

「眞無趣。我就喜歡聽人講這些陳腔濫調。」路西法搖一搖頭。「好吧，那我走了。不過不管怎麼說，瑪莉．康芒的靈魂都不屬於這個世界，所以我還是決定要把她帶回地獄。」

「不！」

出人意表的是，這個「不」字竟然不是我發出的。我正要起身發難，保羅的殘影已掠過我身邊，衝到路西法面前。動作之快，就連路西法也措手不及，被他一把抓住喉嚨。路西法伸手握住他的手腕，保羅整條手臂當場籠罩在一道黑氣中，但卻說什麼也不肯放手。

「約翰，放手。」路西法說。「約翰，我不想傷害你，放手！」

「不！」保羅咬牙切齒，神態幾近瘋狂。只見他肩窩附近綻放一道白光，硬生生地將手臂上的黑氣逼回路西法身上。

「約翰！放手，可惡！」路西法神色不悅。「我答應你，不帶她回去就是了。」

保羅放開路西法的脖子，全身癱軟，向後癱倒。我迎上去，從後面將他抱住。

「太過分了，約翰。」路西法伸手撫摸脖子，只見瑪莉纖細的頸部上浮現紅紅的手印。

「照你這樣弄，不用我出手，你自己就會把她殺了。」

保羅只是喘氣，說不出話。

路西法側頭看了他一會兒，接著搖頭微笑。「眞想不到。我還奇怪你怎會變得如此虛弱，原來你把所有力量都拿去掩藏這個祕密，就連天堂和地獄都遭受欺瞞。」

我皺起眉，凝視保羅，但是他沒有說話。我抬起頭來，對路西法問道：「什麼祕密？」

「懷疑這個女孩爲何如此特殊嗎？好了，這就是答案。」路西法一手指著自己，一手指著保羅。「因爲她是聖徒約翰的女兒。如果我沒猜錯，多半也是摩根拉菲的女兒。」

保羅沒有答話，但是眼中卻已流下兩行淚水。過了一會兒，他推開我，憑自己的力量站立，深吸一大口氣，緩緩說道：「我女兒，從未蒙面的女兒。摩根懷了她，但是一直到我們分開兩百多年以後才把她生下來。我雖然得知此事，但一直沒有前去筆世界探望她。我認爲她跟著摩根會比跟著我好，畢竟……我不希望帶著女兒一起流亡。我用盡聖徒的力量隱瞞此事，不希望天堂與地獄得知她的存在，因爲她的身分一旦洩露，他們一定會用她來威脅我。我……我真的不知道……摩根生下她，只是爲了把她當作開啓世界大門的棋子……」

「恭喜你們父女團圓。」路西法走到保羅身前，輕拍他的肩膀。「這是喜事，沒什麼好哭的。喔，只是知會你一聲，剛剛我們說的話，瑪莉都聽到了。就這樣。」接著他走到我身旁，輕拍我的肩膀。「他是你的問題了。事實上，整個世界發生的事情都是你的問題了。我先走，再聯絡，下次說。」說完瑪莉兩眼一翻，整個人癱倒在我身上。

沉悶的壓力消失，地獄的氣息不再。魔鬼本人就此離開人間。

ch.8 搶奪命運

我們趁醫院人員還沒甦醒之前，將瑪莉身上的醫生長袍脫下，把金屬推車推回護理站。本來還打算把不屬於該病房的病床推出去，但眼看眾人已逐漸轉醒，我們決定不這麼做。我讓保羅先把瑪莉抱下樓，然後在蘇珊的床邊坐了下來。

「傑克？」蘇珊張開眼睛，聲音虛弱。「你來了？」

我握住她的手。「是呀，我來看看妳好不好。」

她微微一笑：「你請女朋友來照顧我？」

我點頭。「會讓妳覺得不舒服嗎？」

她搖頭。「本來有一點，但一覺醒來，突然覺得一切都釋懷了。」

我輕捏她的掌心。「能有這樣的感覺，我想妳終於自由了。」

「嗯……」她說著露出釋懷的微笑。「自由的感覺還不錯。」

「很抱歉我牽絆了妳這麼多年。」

「別傻了。」她說。「是我讓你內疚太久。」

我們彼此擁抱，互道珍重。臨走前，她問我：「傑克，病房裡怎麼多了這麼多病人？」

我一聳肩：「不知道，我來的時候就這樣了。」

坐電梯下樓。由於大門外的屍體和爛車吸引了大批醫護及警方人員，所以我改道側門離開醫院。

遠離圍觀群眾後，開始環顧四周，找尋保羅和瑪莉的身影。沒看到人。我撥了通電話給保羅，轉入語音信箱。

「愛蓮娜，有看到保羅和瑪莉嗎？」我輕點耳機問道。

「他切斷所有通訊，說要安頓瑪莉，等安頓好後會跟你聯絡。」愛蓮娜回答。「瑪莉還好吧？」

「不知道。」我說。「保羅有跟妳說嗎？」

「說什麼？」

「瑪莉是他女兒的事？」

「沒有。原來他們是父女，真令人驚訝。」話是這麼說，但她毫無語調的聲音聽起來一點也不驚訝。

「莎翁之筆的買家身分有進展嗎？」我問。

「還需要一、兩個小時。」

「麻煩妳了。」

我手機響起，看來電顯示是簡森。我按下通話鈕。「威廉斯。」

「傑克，我是湯馬士。」簡森的聲音十分嚴肅。「你在附近嗎？」

「哪附近？」

「巴貝爾神父命案現場附近。」

我轉頭看向警方封鎖線。是了，湯馬士．簡森組長已經抵達現場。

「我是在附近，但現在有事，沒時間和你詳細解釋。」

「那就簡短解釋。巴貝爾神父顯然是梵蒂岡的重要人士，教宗要求我們若出事一定要立刻告知。這件事很難壓下。我是說，你有看到他死成什麼樣子嗎？」

我腦中閃過他死亡時各個階段的畫面，真希望他沒問我這個問題。「有，我有看到。是魔鬼幹的。」

「魔鬼？」

「嗯，你知道，就是那個……」

「我知道魔鬼是誰。」簡森的語氣充滿無奈。「魔鬼……梵蒂岡會相信這種說法嗎？」

「你該對有信仰的人們有點信心。」我說。

「是呀，是呀。」簡森嘆一口氣。「你呢？你對有信仰的人們抱有信心嗎？」

我不禁苦笑。我被天使追殺，又被魔鬼所救，還跟一個流亡聖徒以及聖徒和異教女神所生的私生女爲伍。我對這些有信仰的人們有沒有信心？「信仰是一種強大的力量，可以驅使人們做出各式各樣……難以形容的事情。在缺乏適當導引的情況下，信仰是十分容易遭受扭曲的。」

「反恐局昨天晚上又在紐約市郊拆除了一顆核彈。」

「我知道，是我拆的。」

簡森愣了一愣，繼續說：「這個月還沒過一半，已拆到第三顆了。有時候我不禁要想，世界上有這麼多人想要摧毀紐約，會不會紐約眞的這麼該死？」

「要有信心，我的朋友。」我說。「要有信心。」

我掛下電話，朝命案現場的反方向離開。我在想是回家休息，還是該找間咖啡廳坐下來好好想想。此後行動的關鍵在於找出莎翁之筆，找到後才能擬定進一步行動。在愛蓮娜查出買家身分之前，似乎沒有什麼其他事情可做。喔，另外我還答應了基督大敵要聯手對付阿拉斯特。不過這件事也得等到基督大敵找上門來才行。

我停下腳步，輕嘆一聲，轉頭看向路邊，只見一個身穿風衣的男子坐在路邊長椅上，身邊放了一塑膠袋的啤酒，腳邊的地上還擺了幾瓶空罐，正是馬爾斯．阿布，基督大敵本人。

我深深吸了一大口氣，然後長長嘆了出來，滿心無奈地走到長椅前，在阿布身邊坐下。

阿布自塑膠袋中取出一罐啤酒，拉開拉環舉到我的面前。我伸手接過，拿起就喝。我們兩個就這樣坐在一起喝了一會兒悶酒。

「那麼，」我打破沉默。「你又有什麼故事？」

阿布喝口啤酒，舔舔嘴唇，說道：「幹嘛？你想當我的好朋友嗎？」

「不想。」我搖頭。「但是我可能是你最後一個朋友。」

他轉頭看我一眼，然後又轉回去面向逐漸繁忙的交通。由於街道另一邊拉開警戒線的緣故，所以這邊的馬路已出現車輛回堵的現象。他喝了口酒，喃喃說道：「加百列的宿主死得眞慘。」

「是呀。」我說，接著問道：「拉斐爾和烏列爾呢？」

「沒那麼慘。」

「喔。」

「誰幹的？」

我看向他。「你不知道嗎？」

「我進不去。」他說。「我被一道隱形的力場擋在醫院外。」

「喔。」我說。「路西法幹的。」

他再度轉頭看我一眼，然後我們兩個同時回過頭去看著前方，拿酒出來喝。放下酒瓶後，他又沉默片刻，然後說道：「有時候我非常厭倦這些天堂地獄的狗屎。」

「是呀，每個人都對生活感到厭倦。」我說。「當基督大敵是什麼感覺？」

「很註定。」他說。「很宿命，不想當都不行。」

我揚眉。「你不想當嗎？」

他吸了一口氣，靠上椅背。「不要弄錯了，我很邪惡。我當恐怖分子並不是爲了什麼崇高的理想，而是爲了進行恐怖活動。我喜歡策劃行動，派人執行任務。我最喜歡的是人體炸彈，因爲你可以近距離觀察爆炸過後人們的痛苦和恐慌。我不喜歡飛機撞大樓或是核子裝置，因爲那種東西一次死太多人，會令人心生麻痺，快感不足。你甚至會有一種……『什麼？市區核彈爆炸竟然只死了一萬多人』的錯愕感。我不喜歡大規模毀滅的行動，不贊成種族屠殺。我認爲在牽扯到死亡這件事時，眾生應該是平等的。扯遠了，總而言之，我並不喜歡一次殺害六十億人這種想法。」

我緩緩點頭。「所以你是個反社會分子，是變態殺人魔，但不是大規模謀殺犯？」

「沒錯。」他說。「再說，你聽說過諾斯特拉德瑪斯的預言？」

「聽過。」我說。「第三基督大敵……」

「……將會迅速遭受殲滅。」他接口道。「你當我是傻子嗎？沒事去當基督大敵，還被人迅速殲滅？我幹嘛？吃飽了撐著？我又不是希特勒、拿破崙，至少他們還能風光一段日子。我會被人迅速殲滅！我是反社會分子，我不是神經病，好不好？」

我愣愣地看著他，過了數秒才道：「我是沒這麼想過啦，不過聽你這麼一說還眞有道理。」

「是吧？我說命運是個屁！」基督大敵說。「告訴我，剛剛路西法有沒有跟你提到什麼命運之類的事情。」

我聳肩：「或多或少囉。」

「不要把他的鬼話放在心上。」他說。「魔鬼沒有能力抵抗命運，那是他自己無能。我們沒有必要跟他一樣無能。越是有人說你命中註定，你就越是要起身反抗。你想想看，上帝一方面賜給人類自由意志，另一方面又讓人接受命運的安排，這不是很矛盾嗎？如果你眞的有權力選擇，他就不應該有權力安排任何人的命運。所以說到底，這只是一個非常基本的邏輯問題：要嘛就是自由意志是屁話，不然就是命中註定是屁話。你打算相信哪一個？」

我張口結舌，難以回應。「你眞的……花了很多時間思考這個問題。」

他喝光啤酒，一把捏扁，又自塑膠袋中取出一罐。「這個問題困擾了我很久。」

「那你覺得呢？哪個是屁話？」我問。

「都是屁話。」他說。

「那不是廢話嗎？」

「要叫我說……」他放下酒瓶，比手畫腳。「不要去管什麼上帝、什麼耶穌。地獄？

撒旦？自由意志？命中註定？不要去管那些東西。不管過去曾發生什麼事，不管天地是如何創造出來的。朋友，那些東西關我屁事？上帝，你什麼時候見過他？撒旦，你什麼時候……喔，你剛剛見過他？但是他又回去啦。他們不在乎我們，我們爲什麼要在乎他們？我們爲什麼要去在乎這些一輩子都不會跟你的生命產生交集的傢伙？」

「你知道……」我說。「如果在中世紀，講這些話被任何教會裡的人聽到，你都會被宣告爲基督大敵。」

他瞪我一眼，語氣諷刺。「喔，你剛剛說了一個笑話嗎？我大概沒什麼幽默感。」

我伸過手去自己拿了一瓶啤酒，以我現在的精神狀況其實應該要喝咖啡的，但是我認爲他說的話要在微醺的狀況下才能聽出一點道理。「好吧。你爲什麼要對付阿拉斯特？你需要我幫什麼忙？」

「六個月前我感應到命運召喚，立刻背棄組織，打算隱姓埋名逃離這段命運。但是沒過多久，阿拉斯特就找上門來。他提供了一支私人武力以及大量威力強大的先進武器，說要幫助我征服世界。征服世界！你多久沒有聽過這種話了？」

「你何必理他？走就對了，他的力量未必比你強大。」我說。

「我原先也是這麼想，但是後來才發現事情沒這麼簡單。」他面對我。「他的手中握有我的命運。」

「你的什麼？」

「命運。」他說。「我這輩子命運都被別人握在手裡。」

「喔……」我理解似地點點頭，隨即問道。「可不可以請問，你的命運長什麼樣子？」

「那是一把長矛。」他說。「羅馬時代有個士兵拿去刺穿耶穌心臟用的長矛。」

我聽過這個故事。「那個士兵本來眼睛快瞎了，後來被噴出來的聖血濺到，當場又看得清楚了？」

他點頭。「這故事你挺熟？」

「有聽說過。」我說。「傳說握有命運之矛的人可以戰無不勝，攻無不克，雖然希特勒的死亡已經證明事實並非如此。爲什麼命運之矛會變成你的命運？」

「象徵意義吧，我想。」聽他的語氣，似乎也不是很確定。「用一把沾有基督血液的武器來象徵基督大敵的命運，聽起來不是很恰當嗎？」

「他握有命運之矛會怎麼樣？」我問。「難道可以控制你的心智嗎？」

「控制不了。」他答。「命運之矛蘊涵了基督大敵大部分力量。當我手持命運之矛力量就會大幅提升。這表示命運之矛的力量比我本身還強。阿拉斯特可以用那把矛將我殺死，然後讓其他選定之人喝下我的血液，傳承我的命運。」

「他可以用命運之矛製造另一個基督大敵？」我語氣驚訝。

阿布點頭。「阿拉斯特寧願用我，因爲我才是正牌的基督大敵。但是如果我不聽話，他也可以屈就於其他替代品。」

我想了一想，問道：「所以你要我幫你搶奪命運之矛？」

「是。」

「搶到之後，你要如何處理？」

「當然是摧毀它。」他說。「永遠破除我的命運。」

我想起早先第一次跟他見面時的情況。「你去蘇珊家竊取筆電資料是爲了什麼？」

「我知道阿拉斯特正與第三方勢力合作尋找莎翁之筆。我一方面是爲了尋找莎翁之筆，二來是爲了要查出第三方身分。莎翁之筆是引發這次命運召喚的關鍵物品，我認爲有必要研究一下所謂的筆世界是怎麼回事。」

「查出什麼了沒有？」

「資料都有加密。我失去組織的技術支援，沒有能力破解那些密碼。那條線索就交給你的後勤人員去查吧。」

我思索片刻，覺得他的說法可信，終於問道：「你要我幫什麼忙？」

「我離開組織，失去所有可動用的資源。」他正色道。「我需要你的後勤人員幫我進行情資收集，規劃一個兩人潛入破壞的任務。你和我，我們一起進攻天際標靶公司。」

我們搭乘計程車回到凱普雷特。天亮了，夜店已經打烊，我們繞到側巷從餐廳後門進去。廚房員工還在清理餐盤。我跟他們打了聲招呼進入夜店正廳。兩名外場服務生忙著整理桌椅，女酒保則在吧台中清洗杯具。酒客都已經散光，只剩下角落一桌有坐人。我定睛一看，原來是保羅和瑪莉。

我和阿布迎了上去。「保羅，你不是說要安頓瑪莉嗎？」

保羅說：「她不讓我安頓。」

我一看兩人臉上都有淚痕，心想不方便打斷他們父女團圓，於是跟瑪莉點一點頭就要上樓。不過瑪莉卻叫住了我。

「傑克。」

我回頭。「瑪莉。」

我們兩兩相望，心裡各自有許多話想和對方述說，但一時卻不知該從何說起。最後她開口道：「我不想躲藏，我想要幫忙。再說他……保羅在這裡對你的幫助會比較大。」

我點點頭。「那你們還需要……」

「不用了。」他們同時出聲、站起，保羅說：「有事忙會比較容易……」瑪莉接道：「……化解尷尬。」

我微笑，指向阿布：「這位是馬爾斯．阿布，恐怖分子兼基督大敵。」

瑪莉伸出手掌。「你好。」

阿布與她握手，隨後瞪我一眼。「可以不要這樣介紹我嗎？」

我不理他。「你們見過愛蓮娜了？」

「還沒。」保羅說。

我轉身就走。「上樓吧。」

上樓穿越走廊座位區，側身擠過超大台發電機，跨越淩亂不堪的滿地線材，進入堆滿大型電腦設施的辦公室。立體投影器材運作，愛蓮娜突然現身，跟大家揮手招呼。保羅滿臉讚歎，瑪莉神色驚訝，阿布則是一臉難以置信的神情。

「我知道你擁有高科技支援，但在酒吧裡擺這種東西會不會太招搖了一點？」阿布問道。

瑪莉揮開臉上陰霾，迎上去與愛蓮娜互訴別來之情。我們叫吧台送上幾杯飲料，然後搬了幾張椅子進入辦公室，一切落定，大家舒服之後這才開始談論正事。

愛蓮娜在牆上一面顯示器上叫出天際標靶公司的平面圖。「天際標靶公司總部設在紐約市區北方，沿八十七號州際公路北行，過普拉茲堡後左轉，直走十分鐘便可以看見佔地一千英畝的天際標靶總部園區。該園區防守嚴密，平時配有一百二十名安全人員在周邊值勤。營區內傭兵宿舍足可容納七百五十人，正常情況下只有輪調受訓人員留守，不過此刻已召回了將近五百名傭兵。營區分爲四大部分：人員住宿區，訓練場地區，武器研發區，武器測試區，另加上位於營區中央的總部大樓。」

「讓我猜，」我說。「目標是總部大樓，而且要一層一層打上去？」

「現在不流行一層層打上去了吧？」保羅說。

我靈光一現。「可以採用飛彈攻擊嗎？」

阿布立刻轉頭：「你可以動用飛彈？」

我說：「打幾通電話或許可以，不然交給愛蓮娜去駭駭看也行。」

「我不贊成。」保羅搖頭。「被附身的是天際標靶的執行長馬丁．道格，該公司其他人員只是奉命辦事，我們不能採取毀滅性的攻擊。」

「果然是聖人想法。」阿布諷刺道。

保羅正要回嘴，愛蓮娜已經開口：「不能採取飛彈攻擊。該公司擁有自己的地對空武器反制系統，而且是自架雷達的封閉系統，無法遠端控制。當然，只要有足夠的時間，我可以進入軍方飛彈基地修改飛彈迴避軟體，進而提升反反制的能力……」

「夠了、夠了。保羅說得對，當我沒問過。」我說。「可以偽造身分入侵嗎？國防部專員什麼的？」

「他們擁有最頂尖的臉部辨識系統。除非進行整形外科手術，不然你和阿布怎麼化妝都會被辨識出來。這裡只有瑪莉還沒有被收入該公司的警戒人員資料庫，但是瑪莉不是外勤人員。」

我和保羅立刻說道：「她不是！」

瑪莉看著我們，聳肩道：「我也沒說我要去，緊張什麼？」

我鬆了口氣。幸虧瑪莉不是小說裡那種固執壞事的笨女人。「有擬定入侵路線了嗎？」

「人員住宿區白天還是有不少人待著。雖然沒有武裝警戒，但容易被人發現。受訓區整天都有實彈演練，與武器測試區一樣絕不是安全的選擇。至於武器研發區則有重兵駐守，保全設備嚴密，巡邏人員絡繹不絕，是所有區域中最難潛入的。」

「難潛我們不會繞嗎？」我語氣無奈。「請問特別提出這一點是爲什麼？」

「因爲我要你們潛入研發大樓。」愛蓮娜道。

「沒問題。爲了妳，我什麼都肯幹。」我語氣諷刺。「但是能否給我一個合理的理由？」

「位於研發大樓六樓的研發三科負責一項代號『草薙』的研發專案。我希望你們能幫我取回這項專案的所有資料，最好把成果一併帶回，雖然可能有點麻煩。」

「好像我們的麻煩還不夠似地。」我說。「草薙專案是在研發什麼？」

「它是該公司強化肢體研發案的進化版，終極目標是創造出適合戰鬥的自發性機器人。」

我揚眉。「目前成果如何？」

「他們的技術領先業界。在你們星球上，只要與戰爭有關的科技，都是最頂尖的。」

「什麼叫我們星球？」阿布問。不過沒人理他。

愛蓮娜繼續說道：「草薙專案的硬體部分已能使用的，不過軟體跟不上硬體研發的腳步，目前寫不出強大的人工智慧，只能以遙控的方式控制機器人。傑克，這是你能送給一個女孩最好的禮物了。」

「我懂妳的意思。」我點頭。「但是我們不大可能搬一具機器人回來。」

「下載研究資料，然後讓機器人上線。」愛蓮娜說。「只要掌握足夠的技術規格，我就有辦法遠端遙控。」

愛蓮娜拉近研發大樓配置圖，向我們簡報預定的入侵點和安全措施、巡邏路線和巡邏時程，然後切換到總部大樓。

「總部大樓。天際標靶的行政、安全、任務研擬、戰情中心。他們派遣至世界各地的傭兵，其行動方針、計畫都在這裡統籌運作，維安措施比研發大樓還要嚴密。」

「讓我猜，馬丁・道格的辦公室位於頂樓？」我問。

愛蓮娜轉頭看我。「請問你是否期望每一層樓梯間都有魔王把關？」

「那是男人的浪漫呀。」我說。

愛蓮娜簡報總部大樓的內部配置。馬丁・道格的辦公室位於頂樓十樓，事實上，整個頂樓都是他的私人空間。想要入侵總部大樓，必須迅速搞定位於五樓的安全中心才行。我們研究了半天，終於決定入侵路線。

保羅提起他帶來的一個大手提袋，往我的辦公桌上一放。「我剛剛順道回家，帶來一些裝備道具。」他對我伸手，我取下一直揹在身上的外勤袋丟給他。他將我的袋子放在他的袋子旁邊，拉開兩袋的拉鍊。「你原先的裝備都有更新版本，功能更加強大。比方說PDA手機更輕更薄，記憶體更大，運算速度更快……」

「你每次幫我換手機，我都覺得你設計的手機不能商品化實在太可惜。」我說。

「這可不是一般人買得起的。況且我是研發人員，不是行銷人員。」保羅說著舉起一把手槍。「槍枝的功能我也強化過了。」

「槍枝還有功能？」阿布問。

「當然。攝影鏡頭、多功能彈頭之類……」

「彈頭怎麼多功能？」阿布不解。

「彈頭都是一樣的，」保羅解釋道。「重點在於槍膛上。子彈發射前槍膛會因應你所選擇的模式改變彈頭的功效和火藥填充量。設定在擊昏模式，彈頭會注入麻藥，同時降低火藥量，確保攻擊不會致命；設定在裝甲模式，彈頭會經過壓縮硬化處理，火藥也會增加，以便子彈貫穿鋼板……」

我對阿布聳肩：「都是一些花俏的功能，不出外勤的研發人員才會設計出來的東西。你知道那是槍就好了。」

保羅白我一眼：「我人在這裡。」

我點頭：「我就是說給你聽的。」

「不知感恩的傢伙。」他面帶微慍地將新槍塞入我的袋中，然後又丟了一把給阿布。「鋼筆炸彈，雷射手錶，標準配備，你們都知道了。」

「有沒有新鮮的？」

只聽見「唰」地一聲，保羅拔出一把匕首。「我的私人珍藏，克拉瑪之刃。」我揚眉詢問。他解釋道：「克拉瑪是十五世紀著名異端裁決所的裁判長。這把匕首曾殺過無數女巫，其中大部分是冤死之人。」他翻轉刀刃，刃面上刻有咒語。「正面天使文，背面惡魔文。這把匕首用來對抗天使和惡魔都是一大利器。」他手持刀刃，伸手以刀柄遞給我。我接了下來。「貼身放好，以備不時之需。」

我將匕首插入腳踝上方的備用槍套中。「這麼好的東西剛剛幹嘛不拿出來用？」

「沒帶在身上。」他說。「好啦，最後還有兩樣東西要送給兩位。要不要帶是你們的事了。」他雙手在辦公桌前方角落擺了一樣物品。阿布面前的是大衛之星護身符，我的則是十字架。

我和阿布看看桌上，看看保羅，接著目光交會，最後緩緩轉回桌上。

「喔，我懂了。」阿布說。「我們倆都是失去信仰的人，所以應該帶個護身符在身上，在關鍵時刻見證奇蹟？」

「如果你這麼認爲的話。」保羅說。

阿布搖頭。「你爲什麼在乎我信仰什麼？」

「我在乎的不是你信什麼。」保羅說。「我在乎的是你要有所信仰。至於你……」他轉向我。「我已經不知道你是怎麼回事了。如果你當眞是路西法宣稱的那個身分……我也只能說你自求多福吧。」

我和阿布想了想，慢慢伸手拿起護身符，然後不約而同地放到口袋裡。

阿布湊過來。「路西法宣稱你是？」

我湊過去。「如果你能活下來，我就告訴你。」接著對大家道：「我們十六點整出發，十八點整正式展開行動。在那之前，大家就在凱普雷特休息補眠。」

我步出辦公室，瑪莉跟了上來。我回頭看她，她兩手勾住我的後頸，貼在我的胸前，親吻我的嘴唇。我回應她的吻，但顯然不夠熱烈。她離開我的嘴，抬頭看我，輕輕說道：「我們不可能再回到從前了，是不是？」

我立刻搖頭：「當然可能，我們只是需要一點時間。」

「如果你眞的愛我，怎會需要時間？」瑪莉問。「路西法說你怕我、想要擺脫我。」

「他懂什麼？妳別聽他亂說。」

「但是他說的很有道理。」瑪莉說。「激怒我的人都會面臨不好的下場。如果有一天你想和我分手，你會有所忌憚，對不對？」

我正色道：「妳難道還不瞭解我嗎？如果有一天我想和妳分手，就算死，也不會不敢提出的。」話一出口我立刻覺得很不中聽，但是我已經說出口了。

「或許我應該……」

「或許妳不應該。」我打斷她道。「男女之間總會有一些……困擾和衝突，我們應該正視問題，一起研究解決方法，而不是一遇到問題就說要分手。」

「問題是我不是人。」瑪莉說。

「這什麼話？」

「你沒聽他們說嗎？我母親不是人。」

「妳看看妳的樣子，有哪一點不像人？」我雙手輕握她的肩膀。「再說，就算不是人又怎樣？有規定我只能喜歡人嗎？」

保羅路過，咳了一聲，我問他：「你說是不是？有人規定我只能喜歡人嗎？」

「你別問我。」保羅說。「我只知道女兒的男朋友都是渾蛋。」

瑪莉噗哧一笑。我趁機把她抱在懷裡，柔聲說：「等我們處理完這些再談，好嗎？」

瑪莉點頭，輕嘆一聲，在我臉頰上親了一下，朝廁所離去。

我和保羅並肩看著她的背影。廁所門關上後，保羅說道：「渾蛋。」我轉頭看他。他又補一句：「言不由衷的渾蛋。」

我搖頭：「我說的都是……」

「男人說給女人聽的眞心話。」他幫我接完。「你以爲我不是男人嗎？」

「我還有一套專門說給女方家長聽的眞心話，你要不要聽？」

我拉開旁邊的椅子，將飲料放在餐桌上，和他面對面坐下。

「她認你嗎？」我問。

「認。」他答。「她說她能理解我爲什麼沒有待在她身邊，也能理解在我發現她的身分後爲什麼沒有出面相認。」他說著搖搖頭。「她這種絕對諒解的態度反而令我很不自在。我以爲她會罵我、排斥我，但是都沒有。」

「當你發現現實生活和小說裡的刻板印象出現差距時，總會覺得怪怪的。」我說。

「如果你要這麼說的話……」他停了一下，接著笑出聲來。「確實是怪怪的。」

「兩千年來，第一次做父親？」我問。

保羅點頭。

我舉起酒杯。「恭喜你第一次做父親。」

保羅舉起酒杯。「恭喜我第一次做父親。」

我們相互碰杯，將杯中飲料一飲而盡。

廁所門打開，瑪莉走了回來正要加入我們，辦公室裡卻突然傳來愛蓮娜的聲音。「有狀況，通通進來！」

我們立刻衝了進去。愛蓮娜開啓所有牆上顯示器，顯示附近交通攝影機的畫面。「有三輛箱型車剛剛進入凱普雷特警戒範圍，車牌都登記在天際標靶公司名下。」

我舉手：「請問，凱普雷特的警戒範圍有多大？」

「方圓三條街口。」愛蓮娜說。「我有很多程序要處理，投入在此的資源不多，等這次攻擊事件過後，我會把警戒範圍擴大到十條街。」

阿布拔出手槍，走向門口。我叫住他。「去哪？」

「除掉他們。」阿布說。

「光天化日之下，不要引人注目。」我說著拿起電話。「還是叫警察吧。」

我正在撥打電話，突然聽見眾人發出驚訝的聲音，連愛蓮娜都毫無抑揚頓挫地說了「咦？」我抬起頭，順著眾人的目光看向螢幕。三個螢幕各顯示不同街景，每個畫面卻都顯示交通事故。第一輛箱型車撞上沙石車，爆炸；第二輛撞上大樓，爆炸；第三輛墜入海中，炸出一片水花。我們面面相覷，最後全不約而同地看向瑪莉。我注意到阿布也毫不遲疑地看向她，雖然他根本不該知道她擁有什麼力量。

瑪莉聳肩攤手。「大概是我幹的吧？」

阿布指著她道：「她身上有一種……」

我們全都看向他，期待聽聽他的說法。

「說不上來，很奇怪的力量，但很強大。」阿布搖頭。「如果沒猜錯，應該和運氣有關。我從來沒有見過這種力量。」

「來自筆世界。」我說著走向辦公桌，檢查我的行動背袋。「保羅，聯絡簡森處理善後，讓他知道我要對付天際標靶。」我揹起背袋，對阿布使個眼色。「對方已搶先行動，我們不能坐以待斃。別等晚上了，現在就出發。」

ch.9 天際標靶

中午時分，我和阿布來到天際標靶園區東北角側門外。園區整體規劃類似部隊營區，四面以圍牆圍起，類似這樣的小側門有好幾個；營區外圍有巡邏哨，但沒有固定哨。我們躲在路旁計算時間，確定下一班巡邏哨要四分鐘後才會過來後，隨即離開樹叢，來到門前。

「指紋、聲紋辨識，還有警報器。」我看了看門旁的裝置。「愛蓮娜？」

「調閱人事資料，製作聲音檔案和電子指紋，等我一下。」

阿布不耐煩。「交給我來。」

「你要怎麼……？」

我話還沒問完，只見他朝旁邊跨出一步，身體突然模糊不清，再跨一步之後，整個人從我眼前憑空消失。數秒過後，我聽見門後傳來聲響，阿布從圍牆裡幫我把門打開。

我步入園區，確定附近沒人，然後揚眉看向阿布。

「這叫踏入世界的側面。」他說。

「眞方便。」我說。「穿牆都可以，幹嘛不直接踏到馬丁·道格辦公室去？」

他搖頭。「因爲一次只能踏幾步而已。」

這時豔陽高照，我們與武器研發大樓之間只有草皮和車道，沒有其他可供藏身的地方。如此情形，遮遮掩掩只會讓我們看起來鬼鬼祟祟，我們對看一眼，決定大搖大擺地走過去。園區中除了警衛之外，還有便裝工作人員四下走動。只要我們不接近警衛和攝影機，一時之間應該不會被認出來，只不過再怎麼說也不適合在開闊區域閒逛太久。

愛蓮娜規劃的潛入行動是針對晚上設計的，我們可以趁著夜色攀牆而上，解除通風口處的警報爬進去，然後沿著通風管穿越毒氣處理室，爬到生化戰爭實驗室的密閉艙中，解除氣密艙門，正式潛入。這個氣密艙一般只有人員穿著第四級生化防護衣的時候才會進入，而我們只配備了防毒面具，或根據保羅的說法，頂級防毒面具。說實在話，我很慶幸我們選擇在白天行動，所以不必採取這個方案。

我們必須隨機應變。

我和阿布沿著研發大樓外圍走了一圈，驗證愛蓮娜的情資。大樓大廳入口朝南，安全櫃台後方坐有兩名警衛，其後的警衛室還有一隊武裝部隊待命。這些人未必認得我，但是肯定認得基督大敵。東西北三面各有側門，配備聲紋、指紋等安全程序，外加兩個警衛把守。阿布要從側面踏進去當然沒問題，但是要開門就得與人動手。其他的潛入點都要攀牆，光天化日之下肯定會被人看見。簡單來講，我們不可能在不被發現的情況下潛入研發大樓。

大門斜對面的停車場旁有幾個男人站在那兒抽菸。我和阿布晃到他們附近，假裝點菸，低聲商議。

「沒有機會潛入。」我說。「愛蓮娜？」

「同意。」愛蓮娜說。

「那只好硬來了。」阿布說。

我點頭。「我們必須集中火力進攻總部大樓。研發大樓的事再說。愛蓮娜，妳的禮物我再想辦法弄給妳……」

「不。」阿布反對。「你按照原定計畫奪取草薙專案。我會幫你進入研發大樓。」

「你想分頭行事？」我問。

「對。」他說。「你在研發大樓製造騷動，我趁亂入侵總部大樓。順利的話，我可以在很短的時間內攻下安全中心，為你製造脫身機會。到時候我們再想辦法會合，一起去找阿拉斯特。」

「眞是一個極端危險又超級可能出錯的計畫。」我說。「但是我喜歡。保持通訊暢通，掌握彼此狀況。我可不想在這種地方失去你的行蹤。」

「怕我在背後捅你一刀？」他問。

「一點也沒錯。」我答。

「放心，取得命運之矛前，我絕不會捅你。」

「你這麼說眞是令我安心。」

我們熄滅菸蒂，丟到垃圾桶裡，然後朝東側門前進，大搖大擺地來到側門玻璃門口。阿布踏入世界側面，我則向門內的警衛打聲招呼。一名警衛走向門口，另一名警衛則開始操作電腦，顯然在試圖辨識我的容貌。基督大敵憑空出現在他們後方，舉起手槍擊斃兩人。

他按下門鈕放我進來。我看著地上的屍體和血跡臉色一沉，正想開口說話，他已與我擦肩而過走出門外，邊走邊說：「怎樣？我就是喜歡在不必要的情況下殺人。」

現場光線一暗，亮起紅燈，警報器隨即響起，玻璃門外降下大型鋼板，出口遭到封鎖。

我自一具屍體身上取下通訊設備，掛在腰間，連接上的我行動助理，將對方的通訊直接上傳給愛蓮娜。接著我拔出手槍，步入走廊。

「愛蓮娜，我不能待在走廊上。引導我。」我說。

「武裝警衛自前方走廊逼近。三人。五秒鐘。」

我衝到右手邊一扇門前，鎖著。我後退兩步，猛力撞門，沒開。加強衝勢，再撞一下，當場把門撞離門框，整個人撲入房間中。槍聲響起，子彈四射，門框在我身後爆出一堆木屑。我向旁一翻，隨即站起，一手提起被我撞倒的木門衝回門邊，將它使勁扔出門外。木門還沒落地已被打成蜂窩。我趁亂矮身探出門外，一槍一個，擊斃三名警衛。

「愛蓮娜，怎麼走。」我一邊說，一邊拔下一名守衛身上的通行證。

「繼續前進。」我立刻依照指示前進。「右轉，直走，左邊第三道門。」

我刷下通行證，門應聲而開。我閃身而入，關上門，裡面是間狹小儲物室，裝有打掃和清潔用具。我打量片刻，沒看到特別之處，問道：「不會要我爬通風管吧?這間沒有喔。」

「安靜，等人過去。」

我貼在門旁，靜靜等待。雜亂的腳步聲橫越門外，漸行漸遠。數秒過後，愛蓮娜說：

「好了，出來。」

我打開房門，繼續依照愛蓮娜的指示行動。

「樓梯間在下個轉角過去，門口有兩名警衛把守。」

我貼在轉角旁，拉開槍身側面的液晶螢幕微微將槍口伸出牆角。樓梯間在走廊對面，兩名警衛分立門口兩側，手持自動武器，神情警覺。我闔上小螢幕，大步走出去，在他們還沒認出我是入侵者前舉槍射擊。我推開鐵門，上下看看，觸目所及無人把守。我將兩名守衛拖入樓梯間，然後關上鐵門。

「防守沒有我想像中嚴密。」我說。「樓梯間裡居然無人看守。」

「阿拉斯特沒想到我們會把研發大樓當成目標，他將主要武力都派去增援總部大樓。」

我問：「阿布那邊已經開始行動了嗎？」

「開始了。研發大樓的騷動引開了部分人力，但是對方火力依然強大。目前他被壓制在一樓側翼，不過看起來問題不大。」

「保羅負責跟他聯絡？」

「是。」

我抬頭看看，通道暢通。「我往六樓前進。」

我一層層往上爬。二樓、三樓、四樓，即將抵達五樓門口時，愛蓮娜突然說：「有人……」接著我看見鐵門門把轉動，立刻大步衝上，對準鐵門狠狠撞去。我後退一步，正要拉開鐵門解決守衛時，鐵門突然被向內撞開，力道之強，我整個人離地而起，撞上台階，痛得脊椎都快閃了。一名男子步入樓梯間，不是警衛裝扮。他神情冷漠地瞪視著我，我則舉槍朝他胸口開了三槍。彈孔冒煙，但他屹立不搖，嘴角還拉開一襲冷笑。我深吸一口氣將槍塞回外勤袋，一手撐地爬起。男人吹開飄到眼前的硝煙，抓住我的衣領，將我貼牆舉起。

「你不是基督大敵。」男人說道。

「原來這裡的惡魔不只阿拉斯特？」我說。

「當然。」男人冷笑。「這裡可是我們征服世界的總部。」

「吃屎去吧。」我說著拔出腳踝匕首，一刀劃破對方喉嚨。男人放開我的衣領，難以置信地雙手抓搔喉嚨，但一股黑氣不斷自傷口外洩，說什麼也堵不起來。數秒後，黑氣完全離體，男人癱倒在地。

我將克拉瑪之刃舉到眼前，點頭讚道：「好刀。」然後插回腳踝套子，起身繼續上樓。

到了六樓，我拉開鐵門，伸手抓住左邊警衛槍帶，朝右方一扯，兩名警衛當場在我身前撞成一團。我出腳踢倒左方警衛，奪下他的步槍，架開右邊警衛的槍管，順勢以手肘撞擊對方腦側，將其擊昏。倒地的警衛伸手拔槍，我手中槍托狠狠捶下，接著在他腰側補上一腳。他悶哼一聲，滑過地板，腦袋在對面牆上撞了一下，當場不醒人事。

我抛下步槍，自袋中取出自己的佩槍，朝走廊轉角前進。

「攝影機。稍等……稍等……」我貼牆而立，聽取愛蓮娜指示。「現在。」

我轉出轉角，眼看天花板上攝影機朝另一邊轉去。我閃到攝影機下方，等它再度轉回，然後迅速奔向走廊另一邊。

「大樓警衛不清楚你的位置，只能集中人力一層層往上搜，目前搜到三樓，你暫時不會被打擾。」

我繼續依照她的指引，最後抵達研發三科的實驗室。實驗室外有一套標準的安全程序。我拿出剛剛警衛的通行證，對耳機報上姓名，愛蓮娜隨即幫我調出天際標靶的人事資料，製作聲音檔和電子指紋，上傳到我的行動助理。一切搞定後，我推開實驗室大門，走了進去。

此刻是上班時間，我深怕會碰到研發人員。不過顯然因爲有人入侵的關係，研發人員已撤出實驗室。

這是一間大型實驗室，空間十分寬敞，大部分空間都設有一排排工作台，每張工作台上擺放著雜七雜八的機械義肢。靠牆的一排工作台上都是電腦設備，第一張工作台上掛有一個牌子，寫著人工智慧部。我朝另一頭走去，開始看到幾具組裝比較齊全的機器人，不過大部分仍攤在台上，沒有以雙腳站立地面。

我順手拿起桌上一台遙控器，轉動其上旋鈕，旁邊一條機器手臂立刻反應，關節旋轉順暢無礙。我放下遙控器，四下找尋有沒有站在地上的機器人，想看機器人走路甚或跑步的模樣。我始終認爲藉由雙腳在各種移動姿勢下維持全身平衡乃是機器人硬體設計上的一大關鍵難題。

最後，我來到實驗室後方，看見了它——一具人形機器，全身連接著十幾根粗細不同的管線，靜靜坐在一張架設各種儀器的鋼椅上。機器人按照人類比例設計，站起來身高約六呎，處於靜止狀態。我慢慢走到它旁邊，戰戰兢兢地，怕它隨時暴起發難，雖然心知它是以遙控運作，並無內建人工智慧。它沒有覆蓋表皮，只有赤裸裸的鋼鐵，理應冰冷無情，但在我眼中卻彷彿綻放著藝術的光彩。我神色讚歎地打量著眼前的機器，毫不懷疑這是一具貨眞價實的科幻機器人。草薙……聽起來像是日文，改天我該研究研究這個字與機器人存在著什麼關係。

我轉頭向右，看見旁邊有間小辦公室，門上的牌子寫著「專案經理」。我打開房門，步入其中。檔案櫃、伺服器，要竊取完整實驗資料顯然該從這裡著手。

我取出行動助理插上資料接頭，與辦公桌上的電腦連接。螢幕亮起，顯示登入畫面。

「愛蓮娜，我需要破解電腦密碼。」我說。

「專案經理叫什麼名字？」她問。

我看看辦公桌上的名牌。「大衛・蔡。」

「登入名稱：素子。密碼：九課。」

我依言鍵入，進入系統畫面。「妳那裡有張表格可以查嗎？」

「你把我當作他們公司的資訊管理部就好了。」

「眞方便。」我正要坐下來查詢檔案卻發現螢幕上已經開始跳出各式各樣的程式和檔案夾。「妳已經在遠端操作了？」

「沒錯，交給我就好了。你去旁邊泡杯咖啡。」

我側頭看著螢幕。愛蓮娜在分離有用資訊，然後將一切打包上傳。「上傳速度很快。」我說。

「我沒有透過他們公司的連外網路。」愛蓮娜說。「我是利用你的行動助理直接連接衛星訊號。一來速度快，二來也不容易被他們發現。」

我點點頭。「我覺得保羅要失業了。」

保羅突然插話。「我聽到啦。」

「我就是說給你聽的。」

辦公室外突然傳來一陣機械裝置啓動的嗚嗚聲。我神色一凜，走向門邊側面探頭出去，只見門外鋼椅上的儀器全部亮起燈，機器人的雙眼綻放紅光。

「愛蓮娜，妳最好動作快點。」我小聲說道。

「怎麼了？」

「我想我要幫妳測試這具機器人的行動能力了。」

機器人腦袋右轉，眼眶中鏡頭轉動、瞳孔對焦，似乎正直視著我。我有股想舉槍的衝動，但轉念一想，這玩意要是打壞就不能送給愛蓮娜了。機器人關節轉動，肢體施力，連接管線紛紛脫落，緩緩自鋼椅上站起身來。

我退回辦公桌旁。「愛蓮娜，好了沒有？」

「再給我幾秒。」

機器人朝辦公室門口走來。它體態搖擺，模擬女性行走的姿勢，但是踏在地上的每一步都給人十分沉重的感覺。

「好了。」愛蓮娜說。「開始分析。」

我拔下行動助理向辦公室另一邊的門走去。手才剛碰上門把，機器人已開始衝刺，腳步之沉、速度之快遠遠超出我的想像。我大吃一驚，放開門把向旁滾開。機器人一把沒抓到我，衝勢不止，當場撞爛房門，連帶門框旁的牆壁也撞出一個大洞。我往反方向拔腿就跑，自它進入的門口竄出，閃入一張工作台後，我蹲伏在地，喘息兩聲問道：「用躲的行嗎？」

「不建議。它配有紅外線掃瞄功能，且遙控它的人多半可以存取大樓中的監視系統。」

我聽見腳步聲響，當即著地一撲。只聽見嘩啦一聲，一旁的工作台爛成碎片。機器人站在我面前，低頭凝視著我。

我對準對方右腳狠狠踢下，但對方平衡能力出奇地好，竟無法搖晃它分毫。既然如此，我便藉它的腳部施力，向後彈開、翻身而起，開始逃命。

機器人緊追而來，沿路撞倒桌椅和零件，彷彿那些就和紙紮的一樣。

「愛蓮娜？再不想點辦法，我要開槍打它了。」我邊跑邊說。

「草薙計畫採用他們自行研發的強化合金，你那把小槍打不穿。」愛蓮娜說。「必須找出遙控機器人的駕駛員才行。遙控訊號遭受干擾，無法分析確實位置，但我肯定對方與你們位於同一個樓層。」

我加緊衝勢，撞開實驗室大門，滾入門外的走廊。機器人隨後撲來。我連滾帶爬，蹲伏起身，接著繼續拚命逃跑。走廊兩旁都是大門緊閉的實驗室，少數房間有對外窗戶，但從這裡無法辨識哪間有窗戶。

「逃命都來不及了，我沒機會一間間找。妳必須想辦法幫我確認對方位置。」

我死命奔跑，身後沉重的腳步聲越來越近。就在腳步聲近到我準備閃身躲避時，身後突然傳來嘩啦巨響。我繼續奔出數步後才回頭偷看一眼，只見機器人無緣無故摔倒在地，此刻正自地上爬起。看來不管站立時雙腳有多穩，奔跑超過一定速度後還是會有平衡方面的問題。我趁空檔開槍射擊一旁實驗室的指紋和讀卡裝置，破門而入。在裡頭繞了一圈，應該沒人。機器人隨即衝入。我抬起桌上的液晶螢幕對它拋去。它揮手擋下，我趁機閃出門外，繼續狂奔。

「看來它的反應很不錯。如果交給妳來控制，應該可以痛踢惡魔屁股。」

「我也很想控制它，但分析資料需要時間。」

「我遲早會被它追上的！」

「遲點會比早點好。」

「廢話！」

突然間眼前一黑，大樓照明系統完全失效，原來閃著的紅光和警報聲響也隨之消失。我立刻躲到走廊對面，機器人再度摔倒，發出一陣金屬撞擊聲。接著照明回歸，亮得我眼睛刺痛，不過警報聲和閃爍紅燈沒有了。我注意到天花板監視器上的小燈通通熄滅。

「阿布控制安全系統了。」愛蓮娜說。「訊號干擾消失。確認訊號來源。西北角，二號通訊實驗室。」

依據指引，我奔向目標。片刻後，二號通訊實驗室近在眼前。我舉槍瞄準，打壞門外的安全系統並踹開大門，正要衝進去時，機器人已撲到我的背上，將我壓倒在地。我使盡力氣揚起頭，看見角落坐著一個帶著頭盔的男人。我手肘撐地，頂起機器人，卻被它一拳捶上肩窩，痛得我右手麻痺，當場五體投地。我伸出左手，自右掌接過手槍，對準帶頭盔的男人連開三槍。男人摔倒在地，同時機器人也高高舉起了右拳。

我緊閉雙眼、咬緊牙關。幸好機器人這拳始終沒有捶下。

我側臉趴在地上，長長吁了一大口氣，休息數秒後，翻身推開機器人，藉左手力量爬起身，整條右臂劇痛無比。我走到角落，脫下屍體的頭盔，面罩內呈現各式數據及即時回饋畫面，顯然是台高科技顯示器。我放下頭盔，看向屍體剛剛所坐的位子，複雜儀表、按鈕、拉桿無數，簡直和戰鬥機機艙沒兩樣。我正想坐進去研究研究，機器人卻突然起身，當場把我嚇得跳了起來。

「別慌。」愛蓮娜說。「是我。」

「差點被妳嚇死。」我撫摸胸口。「妳已經取得控制權？」

「我只取得存取權限，阻擋其他人控制它。」愛蓮娜說。「想取得完全控制，必須繼續研究操縱訊號。」

「妳好好研究，千萬不要辜負我送禮的一片誠心。」我按摩右臂說道。

「你可以幫我把遙控器帶回來嗎？」

我看著面前的複雜儀表，搖頭道：「這不是遙控器是駕駛艙。妳還是自己想辦法吧。」

我往椅子上一坐，捲起右手衣袖，自外勤袋中取出急救包，拿起痠痛藥膏塗抹。「大樓安全人員呢？」

「安全中心淪陷後，他們全都撤離研發大樓，跑去總部大樓支援了。」

「阿布的情況如何？」

「他執行緊急封鎖命令，封閉了總部大樓五樓以下的主要通道，阻擋增援部隊進入。」

我收起藥膏，感受整條手臂清涼徹骨的快感。「親愛的愛蓮娜，請告訴我妳有辦法讓我突破封鎖，過去與他會合。」

「喔，我有的。」愛蓮娜說。「你走出大門，就會看見位於走廊對面的五號實驗室。該實驗室專門研發個人飛行裝置，目前正在開發一款名叫『火箭人計畫』的可攜式涵道包。」

「我說眞的，」我捲回衣袖，站起身來。「我開始愛上這家公司了。」

ch.10 命運之矛

我按下按鈕，身後通往實驗室的大門緊閉，眼前的落地窗則朝兩旁開啓。「妳確定這個飛行背包有通過測試？」

「確定。」愛蓮娜說。

我戴上頭盔，兩手緊握操縱桿向前走到落地窗邊。六樓說高不高，說矮不矮，總之摔下去是會死人的。我左手按下預備鈕，飛行背包兩側緩緩伸出兩張平衡翼。結果火箭人計畫的飛行裝置並非漫畫裡那種會噴火的東西，大小比想像中大些，如同在背上揹了兩個大圓筒，桶內是類似直升機螺旋槳的扇葉設計，以氣旋的方式將人送上天空。合理，我常想若真在背上揹個會噴火的東西，屁股能給它烤多久？我正要按下右手的啓動鈕，愛蓮娜突然說話。

「有沒有什麼話想說的？」

「飛向宇宙，浩瀚無垠！」

我按下啓動鈕。扇葉急旋，身體騰空，我轉動操縱桿，朝數百公尺外的總部大樓衝去。

「妳說阿布在九樓等我？」

「東北角。」

接近總部大樓時，九樓東北角一扇落地窗爆炸，化爲一推碎片灑落。我定睛一看，基督大敵就站在窗口對我揮手。這一下爆炸吸引了在底下包圍大樓的傭兵注意，紛紛開始對我開火。我加快衝勢，轉眼間飛入窗口，撞爛三塊辦公隔板，在地上摔得亂七八糟，這才關閉裝置，狼狽爬起。

阿布走過來幫我卸載飛行背包。「好玩嗎？」

「還不錯。」

卸下飛行背包後，我伸展筋骨，與阿布來到這間大辦公室的中央。他爬上辦公桌，在天花板上繼續補滿一圈爆破膠。根據愛蓮娜的情資，進出頂樓的唯一方法就是透過電梯，而我們不喜歡走這唯一的通路。本來我打算自天台降落，直接從上方垂落頂樓，爆破窗戶進攻，但是阿布在啓動封鎖指令的同時也啓動了天台電網，藉以防止攻堅部隊降落天台。任何降落天台的生物都會瞬間烤焦，而我不喜歡被人瞬間烤焦。

「準備好了。」阿布跳下辦公桌，拿起放在桌上的引爆器。「我要炸了。」

「你有把握解決阿拉斯特？」我問。

「我是個目中無人的狠角色，」他答。「並沒有把他放在眼裡。」說完按下按鈕，引爆爆破膠。只聽見一陣轟然巨響，灰塵飛舞，天花板當場坍出一個大洞。

阿布丟下引爆器，一腳踏上辦公桌，猛力使勁，身體騰空而起，雙手在天花板上的洞緣借力，轉眼上了十樓。

我爬上辦公桌，向上一跳，雙手抓緊洞緣，搖晃身體，右腳甩出，勾住十樓地板，如同攀牆一般攀上十樓。上樓後我著地一滾，翻身而起，持槍警戒。只見基督大敵大剌剌地站在洞旁，冷冷瞪視前方。這是一間古色古香、富麗堂皇的大型書房，兩面書櫃，一面酒櫃，剩下的一面牆壁上架有一座巨型電視牆，此刻螢幕上正在顯示世界各地的新聞畫面以及許多針孔偷拍或是不知道架在何處的攝影畫面。電視牆前方有張氣派十足的古董辦公桌，一名頭髮花白的壯年男子靠在辦公桌前，手持高腳酒杯，神色不善地瞪著阿布。我曾在《時代》雜誌上見過此人照片，知道他就是遭受惡魔附身的天際標靶執行長——馬丁．道格。

「你為什麼要這樣做？」阿拉斯特問。「為什麼要摧毀我辛辛苦苦為你建立的一切？」

「為我個屁。」阿布冷冷說道。「你只是想滿足你的私慾。想征服世界，你不會親自動手嗎？爲什麼要把責任推到我身上？死都讓我去死，等我死了你再來掌握我的遺產遊樂人間？再說，我摧毀什麼了？你當我眼睛瞎了嗎？基地的軍火彈藥都被你運走了，如今只剩空殼而已。只要解決我，你隨時可另起爐灶。我看就連基督大敵的備用人選你也找好了吧？」

「哼！」阿拉斯特冷笑一聲。「不識抬舉的東西。你以爲世界上反基督人士很少嗎？我殺一個你，還有千千萬萬個你，我根本不怕找不到基督大敵。」

「殺得了我再說！」

「阿拉斯特！」我插嘴：「你做這種事，路西法知道嗎？」

阿拉斯特顯然沒想到我會有此一問。「我毀滅世界，不需要向路西法報備。」

「你根本是私自行動！」我說。

「關你什麼事？」阿拉斯特理直氣壯。「只要對毀滅世界有利的事，路西法都放手讓我們去做。」

「路西法根本不想毀滅世界！他只是想要墮落人心！」

「你又知道了？」

「他親口告訴我的。」我說。

「但是他沒有親口告訴我！」阿拉斯特大聲吼道，彷彿被我刺到痛處般。「他已經很久沒有親口告訴我們任何事情了。他喜歡模仿耶和華、模仿耶穌用神祕的方式影響世界！我忍很久了，我們都忍很久了！他不做，我們幫他做！」

「不管路西法搞不搞神祕，你應該清楚他不會和女神站在同一陣線。」我說。「你的作爲如果完全以地獄之名出發，我無話可說。但你找莎翁之筆做什麼？你到底跟什麼人合作尋找莎翁之筆？你和女神之間是不是有所協議？」

阿拉斯特先是皺眉，繼而冷笑，語氣不屑地說：「我不會告訴你，想知道，自己去查。」

基督大敵問：「命運之矛在哪裡？」

阿拉斯特向後一比。「在我後面的房間裡。」

阿布二話不說，邁步就走，我也跟著前進。我們兩人一左一右自辦公桌兩旁行經阿拉斯特身邊。阿拉斯特臉色一沉，身上噴出火焰，形成一道火牆，阻擋我們的去路。

阿布瞪他一眼：「原來你打算阻止我？我以爲你只是出來講講廢話而已。」

阿拉斯特轉向阿布，高舉右手，掌心上方冒出一顆急速旋轉的火球，越轉越大。「命運之矛屬於基督大敵。你不想當，就得死在矛下。」說完振手疾揮，拋出火球。

阿布冷笑一聲，伸掌抵擋火球。只聽見轟然巨響，阿布滑步後退，一直退了十呎左右，終於雙腳一沉，在地板上踏出兩個大洞。他掌心收緊，握成拳頭，將火球化爲一片火苗飛散。他拍拍雙掌，清理掌心灰燼，接著踏步向前，朝阿拉斯特走去。

「你這小小火苗，燒不盡我對抗命運的決心。」

他走到阿拉斯特面前，對準對方腦袋一拳揮出。阿拉斯特一掌上翻，緊扣他的手腕。阿布抽動手臂，竟紋風不動，臉上不禁露出詫異。阿拉斯特哈哈一笑，右拳揮出。阿布如法炮製，也伸出左手扣住惡魔手腕。兩個傢伙站在原地，相互角力，一時之間誰也佔不了上風。

我拔出匕首，迎上前去。

阿拉斯特若有所感，回過頭來，斜眼瞄我。「克拉瑪之刃？」

我問：「你很熟嗎？」

「肉身被它毀過兩次。」

「那就湊成三次吧。」

阿拉斯特大吼一聲，放開阿布手腕，轉動腳步，牽動阿布，彷彿把他當作武器般對我揮來。阿布及時放手，身體騰空撞向牆壁。我閃身避過，隨即揮動匕首，衝到阿拉斯特身前。

阿拉斯特架開我持刀的手臂，對準我的胸口捶出一拳，而要不是胸口印記發光，只怕這拳就把我的心臟捶出體外。阿拉斯特想不到這拳沒能把我打死，面露訝異之色。我趁機一口鮮血噴在他臉上，反手再度揮出七首。阿拉斯特應變迅速，右手迎上來抓我手腕，接著魔力凝聚，火焰四溢，我的右手當場燒了起來。

我還來不及出聲慘叫，基督大敵已出手扣住惡魔喉嚨。阿拉斯特當機立斷，放開我的手腕，揮出火掌抓向阿布。阿布身形微側，推出另一手接下火掌，隨即五指緊扣，扯直阿拉斯特的手臂。我右手焦黑，血肉模糊，以左掌包覆右掌，飛身跳起，一刀揮下，當場將阿拉斯特噴火的右臂砍了下來。

我們三個當場愣了一秒，目光都在阿拉斯特右肩上的斷口和阿布手中依然噴火的斷臂之間游移。接著阿布哈哈大笑，一把推開阿拉斯特，將其斷臂高高舉起，掌心使勁，斷臂火焰高竄，熾烈噴灑，轉眼間燒成一根焦骨。阿布抖動手臂，焦骨灰飛煙滅。

阿拉斯特難以置信地瞪著我們。左手緊壓右肩斷口，但顯然遭到克拉瑪之刃砍斷的傷口不那麼容易癒合。只看到他指縫間緩緩溢出如同岩漿般的滾燙血液，滴在地板上滋滋作響。他臉上充滿怨毒和憤怒，雙眼彷彿要噴出火，雖然就算他雙眼噴火也不會有人感到奇怪。

「滾回地獄去吧，別再出來丟人現眼了。」阿布說道。

阿拉斯特放聲大吼，聲音中充滿雄渾邪異。一股強大的氣勢順著這道吼聲衝撞而出，震得書房劇烈搖晃，地板龜裂，書櫃翻倒，所有液晶螢幕和酒瓶通通化爲碎片。我站立不穩，差點摔倒，不過及時讓阿布抓住肩膀。他神情異常嚴肅，拉著我的肩膀緩緩後退。回看阿拉斯特，只見他全身肌肉脹裂，衣服碎光，四周灑滿血霧，似乎有什麼東西即將破體而出。接著一道刺耳的撕裂聲響後，我看見他的背上破出兩張巨大的蝠翼，貨眞價實的惡魔蝠翼。他的膚色化爲血紅，浮現堅硬的肌肉和如同野獸的毛髮，嘴裡冒出獠牙，容貌猙獰，額頭上長出兩根彎曲的惡魔角。

「不是說惡魔不能直接進入人間嗎？」我問。

阿布沒有回答。

眼看阿拉斯特的身形越變越大，轉眼已十呎有餘。我認爲他繼續變大不是辦法，於是決定先發制人，將匕首交到左手，邁步向前，不過阿布緊握我肩膀不放，並不打算讓我出擊。

「不用你出手。」阿布說。「天使與惡魔不得直接降臨人間是基督親自訂定的法則。這個蠢蛋違逆上帝之子頒布的法令，不過就是自取滅亡而已。他以爲他是誰？基督大敵嗎？」

阿拉斯特現身完畢，完全一副中世紀惡魔的形象，身材巨大無比，腦袋直抵天花板，肉身斷掉的右臂已經長了回來。他停止吼叫，正要開口，天花板上突然憑空冒出一條明亮的通道。阿拉斯特臉色一變，通道裡射出一道白光，灑落在他厚實的胸膛，接著直接穿越他的身體，照在地板上。我看見他胸口中空，照出一個大洞，接著大洞擴大，身軀迅速遭受空洞吞噬。阿拉斯特仰頭看天，神情竟有一種說不出來的寧靜。當空洞擴至臉上時，他揚起嘴角，說出最後的話語。

「很高興知道你們還在那裡。」

說完惡魔徹底消失，明亮通道隨之關閉。

我看著天花板上通道封閉的地方，沉默了好幾秒，轉頭對基督大敵露出詢問的神色。

「天譴。」阿布說道。「神威。世界上從此沒有阿拉斯特這頭惡魔。」

「剛剛那是上帝的傑作？」我問。

「誰知道？」阿布說。「阿拉斯特願意相信那是上帝，對他來講就是上帝。」

「如果那股力量照在你身上會怎樣？」

「誰能對抗那種力量？當然也是一樣下場。」

「那爲什麼？」我問。「明知道力量相差如此懸殊，他們爲什麼還會想對抗上帝？」

「你要聽實話嗎，朋友？」

「要。」我點頭。

「因爲他們沾染了人性。」阿布說。「因爲他們在人類的歷史看到太多暴政必亡的實例，他們相信有一天他們可以推翻上帝。」

「上帝能算暴君嗎？」我疑惑。

「對地獄的朋友來說，當然算。」他理所當然地答道。

「淪入地獄，是當年他們咎由自取，不是嗎？」

「你認爲他們應該永遠接受懲罰，永遠看不到希望？」

我沉默片刻。「你認爲他說很高興他們還在那裡是什麼意思？」

「代表了他看見了希望。」他說。「代表他終於在走到盡頭之前證明了自己耗費一輩子對抗的敵人確實還存在於宇宙中。」

「嗯……」我緩緩搖頭。「我突然覺得好像所有人都在失去信仰。天使如此，惡魔也是；你是如此，我也是如此。」

「失去過才懂得珍惜。能夠失而復得，才是最寶貴的。」阿布說。「而且你弄錯了，我並沒有失去信仰。」他轉頭看向電視牆旁的大門。「我一直都很清楚我要的是什麼。」

我跟在他的身後，走到門邊，推開雙扇大門，進入其後的房間。

這是一間陳列室，如同博物館般陳列了各式各樣天際標靶歷年研發出品的武器。展覽室的中央，最華麗的陳列櫃上架著一把長矛。矛身陳舊，毫不起眼，矛頭也不特別銳利，但隱隱散發出一股死亡氣息，彷彿任何接近它的生命都會立刻凋零。

儘管我一進入這間陳列室，目光立刻被命運之矛吸引，但我同時又感到另一股令我毛骨悚然的氣息。那是一種力量，一種熟悉而又遙遠的力量，我曾擁有過，但萬萬沒想到會在這裡重逢的力量——東方仙術的力量。

「阿布……」我出聲警告。

基督大敵本來直奔命運之矛，聽我出聲後停下腳步。陳列室另一頭的陰影中隱隱閃過幾道反光，緊接而來的是數道尖銳呼嘯的破風聲響。阿布立刻反應，斜身向旁閃避。只聽見唰唰唰一連六響，阿布身上已插了六把長劍，最後一把瞄準了阿布的心臟，不過被我兩指夾下。我手掌翻動，抓取劍柄，一邊戒備，一邊打量阿布的傷勢。

阿布四肢各釘一劍，一劍插在腹部，一劍插在喉嚨。他看著我，難以置信，隨即伸出顫抖的右手，拔出插在喉嚨上的長劍。在一陣夾雜血泡的喉音中，他含糊不清地說：「你看看……這滋味可不好受。」

我不知道該怎麼回應。

「答應我……」他苦笑一聲，繼續說道。「不要讓人……用命運之矛，傳承基督大敵的命運……」

我點頭。「盡力而為。」

我感到仙術的力量散入四肢百骸，如同置身天地戰警的筆世界裡，轉眼間擁有千年道行，就連剛剛被地獄之火灼傷的手臂也開始癒合。我沒想過會發生這種情況，但仔細一想又覺得十分合理。既然當我進入筆世界時可以取得筆世界的力量，那麼當筆世界進入真實世界後，我自然也可以取得同樣力量。目前看來，我只需要接近屬於筆世界的力量就行了。

「是哪位天地戰警的朋友出手傷人？還請出來見面。」

黑暗中步出一條身影。隨著對方輪廓越來越清晰，我的表情也越來越驚訝。此人中等身材、中等相貌，身穿白色西裝，全身仙氣縱橫。我很清楚他的身分，我只是須要說服自己相信自己的眼睛而已。

「你……你是陳天雲？」我的聲音有說不出的訝異。

「喔？」對方語氣好奇。「想不到在這裡碰到認得我的人。不知這位道友來自哪座名山、哪座洞府，道號如何稱呼？」他停了停，繼續問道：「還有，是否打算阻止我斬妖除魔？」

我本想說阿布不是妖魔，但繼而一想他是基督大敵，又是恐怖分子，生平確實殺人無數，要這麼說根本站不住腳，於是我道：「我不管他是不是妖魔，總之今天他跟我一起來，我就要他跟我一起離去。」

「道友，我看你一派正氣，絕非邪惡之徒，爲何自甘墮落，竟與這等魔頭爲伍？」陳天雲說話正氣凜然，氣勢威猛，道行似乎比我與他分開時還要高深。

我看向阿布一眼，轉回頭對他懇求。「他已經奄奄一息了，沒剩多少時間，你又何必苦苦相逼？」

「邪惡的東西沒這麼容易消滅的。」陳天雲走到展覽室中央，伸手取下展示台上的長矛。「道友是西方人，應該瞭解基督大敵在天主教裡所代表的地位。想除掉他，一定要用命運之矛貫穿心臟才行。麻煩你讓讓，謝謝。」

我擋在阿布身前，右手平舉長劍，左手抓出劍訣。「他並不想當基督大敵。只要摧毀命運之矛，他的力量就不完整。你沒有必要殺他。」

「斬妖除魔，份所應爲。道友再不讓開，我可要動手了。」他說著挺出長矛，指向阿布，矛頭精光四射，顯然凝聚了強大法力。

「我不想與你爲敵，但我今天一定要護他。」我舞動長劍，劍花點點，殘留空中，許久不散。阿布一上來就被釘在地上，主要是因爲他沒碰過東方道法，但是陳天雲法力高深也是一大原因。我就算取回在天地戰警世界裡的所有力量，也未必能夠與現在的他抗衡。

陳天雲雙足輕點，身體凌空飛升。我翻身躍起，迎上前去，在空中與他短兵交接，轉眼拚鬥數招。長劍每次與命運之矛接觸，我的虎口都像是要裂開一般。陳天雲舉重若輕，隨意揮灑，數招過後，以一計重擊將我盪開，隨即落在阿布身旁，長矛高舉，狠狠揮下，當場刺穿阿布胸口，搗毀他的心臟。

「不！」我驚叫一聲，再度撲上，不過才跑出兩步，突然全身痠軟，長劍脫手，跪倒在地。我竭力掙扎起身，感覺體內道力渙散，竟已無力再戰。

「你的道行與我不相伯仲，輸是輸在命運之矛的威力下。」陳天雲拔出長矛，回頭看我。「適才交手，我已認出你的身分，你就是整整在我體內附身三年的惡魔。」

我心中一驚，頭皮發麻，不過沒有答話，只是一步步走到阿布身邊，跪在地上，將他擁入懷中。

「你……辜負了我的期望啊。」阿布努力擠出一個苦笑說道。

「對不起。」

「不必抱歉。有人願意爲我挺身而戰，感覺還不錯。」他伸手撫摸胸前傷口，凝望掌心鮮血。「至少……這樣也算破除命運了，對吧？」說完手臂垂落，就此死去。

我和阿布並沒有熟識到爲他落淚的地步，但再怎麼說他也曾救過我的命，也曾與我並肩作戰。懷抱他的屍體，我感到一陣激動、一陣茫然，還帶有一種麻痺的情緒。這兩天我遭遇無數挫折，沒有一次讓我如此無力。我冷冷看著他了無生氣的蒼白面孔，心中鬥志全失，再也提不起勁做任何事。

命運之矛出現在我面前，抵住我的下巴，令我抬起頭來。陳天雲皺眉看我，似乎難以決定要如何處置。

「你打算殺我？」我語氣冰冷地問道。

「是有考慮。」他說。「但我在你身上感受不到邪惡氣息。」他思考片刻，收回長矛。「雖然被你附身三年，但你也幫我揭發了吳子明的陰謀，你我的恩怨就算一筆勾銷。日後你如果再度與邪惡爲伍，可別怪我手下無情。」說完轉身離開。

「說得這麼好聽，你拿那把沾染基督大敵鮮血的命運之矛要去哪裡？」我看著他的背影說道。

他停下腳步，一言不發。

「你很清楚要怎麼做才能傳承基督大敵的命運。」

他回頭瞪我，目光如電。

「你就是與阿拉斯特合作找尋莎翁之筆的第三勢力。」

他轉過身來，神色陰沉。

「看看馬爾斯．阿布，這就是基督大敵的下場。」我說。「傳承他的命運沒好結果。」

「我要的不是他的命運，我要的是命運之矛的力量。」陳天雲說道。「馬爾斯．阿布目光短淺，只想到要摧毀命運之矛來破除自己的命運。他沒想過取得命運之矛後，可以用那股力量來做多少事。」

「力量可以腐化人心，看看你今天的所作所爲！」

「我殺了基督大敵，還有比這個更加正義的事情嗎？」

「你搞錯了。你所擁有的不是正義的力量，而是渾沌的力量。女神已經控制你……」我講到這裡突然恍然大悟。「喔……我的天……你……」

陳天雲凝視著我，一副爲我感到可憐的模樣。

「是你，原來是你……我打從一開始就弄錯了，徹底錯了。」我坐倒在地，神情頹靡。「你才是我進天地戰警世界裡要找的人，我從來沒想過會附身在自己要找的人身上。吳子明只是代罪羔羊，眞正與女神接頭的人是你！」

「你說得好像我是什麼壞人一樣。」他說。「我只能說，你我立場不同，看待事情的觀點也不一樣。今日就此別過，改天有緣再敘。」他說完又要離去。

「你今天放我走，不怕日後後悔嗎？」我問。

「道友，我乃正義之師，不殺無辜之人。」他正氣凜然地說道。「這件事你若執意要管，是否無辜就很難說了。」他走出陳列室，消失在書房門後。

我閉上雙眼，自責片刻，接著闔上阿布雙眼，放下他的屍體，緩緩站起身。

我依然可以感受道法的存在，但沒辦法凝聚力量。我不知道是因爲道力尚未復原，還是因爲陳天雲遠去的關係。這個待會再說。基督大敵死了，命運之矛沒了，此刻最急迫的就是離開天際標靶公司。

「傑克，」耳中傳來愛蓮娜的聲音。「莎翁之筆買家的檔案已經完成解碼。」

「我在聽。」我開始朝書房走去。

「網路位址來自台灣，一個半政府半民間的地下情報單位，叫作天地戰警。」

很好。

保羅加入：「天地戰警成立於西元一九五八年，是二次世界大戰過後從中國大陸撤守台灣的修煉人士所組成的執法單位。他們的存在在台灣民間只是都會傳奇，沒有人能夠證實，但是根據最近上線的全球修煉網，我還是可以查到一些……」

我越聽越奇，說：「保羅，你在說什麼？天地戰警是莎翁之筆創造出來的小說世界。」

「可它是眞人眞事改編的小說呀？」保羅語氣存疑。

「不是！」我說。「我很肯定它是虛構小說。你不記得嗎？」我莫名訝異。「我在那個世界裡受困三年。那三年我在眞實世界淪爲植物人，生活起居都是你在照料……」

「我當然記得那三年，但是天地戰警確實存在……我……我查得到他們的資料，我甚至還取得了當初他們成立時的文件副本……」他越說越小聲，似乎不太確定自己的記憶。「事情不太對勁……」

我跳下書房洞口，來到九樓辦公室，開始裝備飛行背包。「看來筆世界不但可以融入眞實世界的空間，還會深植眞實世界的歷史。連你都受到渾沌力量的影響，這個世界上只怕沒有多少人能夠分辨眞僞……」

保羅聲音顫抖：「渾沌……已經開始了……」

「上網訂機票。」我按下按鈕，飛出窗外。「我們去台灣走走。」

《啓示錄之心》完

下集待續

國家圖書館出版品預行編目資料

啓示錄之心／戚建邦 著.——初版.
——台北市：蓋亞文化，2011.10
面； 公分.——（筆世界；3）
ISBN 978-986-6157-34-9（平裝）

857.7 100007721

悅讀館 RE209

筆世界 vol. 3
啓示錄之心

作者／戚建邦
封面設計／克里斯
企劃編輯／魔豆工作室
電子信箱◎thebeans@ms45.hinet.net
出版社／蓋亞文化有限公司
地址◎ 台北市103赤峰街41巷7號1樓
電話◎（02）25585438 傳眞◎（02）25585439
網址◎ www.gaeabooks.com.tw
部落格◎ gaeabooks.pixnet.net/blog
電子信箱◎ gaea@gaeabooks.com.tw
投稿信箱◎ editor@gaeabooks.com.tw
郵撥帳號◎19769541 戶名：蓋亞文化有限公司
法律顧問／律儀聯合律師事務所
總經銷／聯合發行股份有限公司
地址◎ 新北市新店區寶橋路二三五巷六弄六號二樓
電話◎（02）29178022 傳眞◎（02）29156275
港澳地區／一代匯集
地址◎ 九龍旺角塘尾道64號龍駒企業大廈10樓B&D室
電話◎（852）27838102 傳眞◎（852）23960050
初版一刷／2011年10月
定價／新台幣 220 元
Printed in Taiwan

GAEA
ISBN／978-986-6157-34-9